惡魔高校 D×D

校外教學的死神

24

石踏一榮

ICHIEI ISHIBUMI

Kadokawa Fantastic Novels

彩頁、內文插圖／みやま零

目錄

——「D×D（那些傢伙）」所守護的和平，必定會讓某些神祇感到痛苦。

Life.0

「一誠，我是第一個對吧？因為我是你的未婚妻嘛。」
「哎呀，莉雅絲，我也和一誠有婚約喔。老公，你會幫我擦防曬油對吧？不如說，我還比較想先幫老公擦呢。」
「我也是未婚妻喔！幫我擦！」
「等一下，潔諾薇亞！不可以偷跑！達令！幫我擦防曬油！」
「哈嗚！莉雅絲姊姊、潔諾薇亞同學，各位的動作未免太快了！啊啊，主啊！也請賜給我勇氣吧！」
「各位！我明白妳們的心情，不過請排隊！照順序來！還、還有，我也想請一誠先生幫我擦，所以先決定限制時間吧！」
「我不是未婚妻但也是眷屬，所以應該也有這個權利才對，而且夏天為了保護肌膚一定要擦防曬油！」
敬啟者，天堂的爺爺。我在夏天的駒王學園的游泳池問候您。

在我眼前的是一群穿著泳裝的女生（莉雅絲、朱乃學姊、潔諾薇亞、伊莉娜、愛西亞、蕾維兒、羅絲薇瑟），還紛紛拿著小瓶子衝向我。

剛進高中的時候，我根本完全無法想像會面臨這樣的狀況——

——當我就像這樣在向已故的爺爺如此報告的同時，我和大家一起來到駒王學園的游泳池……

稍早之前，我們還像去年一樣在打掃游泳池。同樣也像去年一樣，因為在打掃完之後可以搶先享用游泳池，我們才會來到這裡。

不過，這也因為學生會長是潔諾薇亞，只要和神祕學研究社社長愛西亞的意見一致，就可以像去年一樣如此通融。至於已經畢業的莉雅絲和朱乃學姊為什麼會在這裡的這種小事就別在意了！

言歸正傳，女生們要求我幫忙擦防曬油的攻勢變得比去年還要熱烈了呢……

去年只有莉雅絲和朱乃學姊，這次增加到七個人，害我的手都不夠用了！哎呀——眼前掛著十四個乳房上下左右搖來晃去，光是望著就足以大飽眼福，不過我還得先選擇第一個要幫誰擦才行！

我的視線在莉雅絲的胸部、朱乃學姊的胸部、愛西亞、潔諾薇亞、伊莉娜、蕾維兒、羅絲薇瑟之間飄移，又回到莉雅絲、朱乃學姊……正當我的視線不住來回游移的時候，莉雅絲已經迅速脫掉泳裝的胸罩部分了！

怎麼看也看不膩的豐滿裸胸就此亮相！

「先搶先贏。我是第一個。」

莉雅絲一副先脫的人贏的態度，抓住我的手，把她手上那瓶防曬油遞了過來……

然而，其他女生也都向她看齊，一起脫掉胸罩！

「這樣啊，得先脫掉這個否則連站上戰場都稱不上是吧！」

潔諾薇亞奮力扯掉胸罩，朱乃學姊也說著「呵呵呵，有意思」，同時露出震撼力十足的笑容解放她的裸胸！

潔諾薇亞拉起我還空著的這隻手說了！

「既然如此，就來繼續去年的未完之事吧！去年沒有成功練習到生孩子，我們應該到用具室繼續才對！我也已經是未婚妻，應該就不需要多有顧慮了吧！」

她居然冒出這種極度刺激的言論來！她一邊晃著乳房一邊這麼說，害我回想起去年的記憶，鼻血猛然噴了出來！

是、是啦，我們都已經訂下婚約了，要做那種事情也不是不行，我和潔諾薇亞之間也建立起比去年還要親密的關係了！

伊莉娜和羅絲薇瑟聽了潔諾薇亞的發言，大吃一驚。

「咦！還可以那樣嗎！應該說，去年到底發生過什麼事情，我非常好奇！」

「竟有此事！在我來到此地之前，就已經在這片游泳池發生過那種事情了嗎……！身為教師的我應該生氣，但是身為一誠的眷屬……該、該說是有點羨慕嗎……！」

潔諾薇亞拉著我的手對伊莉娜和羅絲薇瑟說：

「不然，妳們兩個也來啊！咱們整隊所有人都到用具室去，一起翻雲覆雨吧！愛西亞和蕾維兒，妳們也來吧！全體隊員到那間用具室去，一起透過練習生小孩來提振士氣吧！」

聽她這麼說，愛西亞和蕾維兒也都驚訝不已。

「不要排擠我！我……也要參加練習！」

「請、請等一下！我覺得這樣沒有不妥，但是這麼多人進去用具室一定會超過可容納人數！不過，姑且還是讓我進去吧！」

愛西亞妹妹和我的經紀人對於生小孩這件事本身都沒有意見嗎！沒有人理會心中只有驚嚇的我，「兵藤一誠」隊的女性隊員們從背後推著我走，想把我帶到用具室那邊去！

潔諾薇亞和伊莉娜分別緊緊抓住我的雙臂，我根本無法抵抗！

啊啊啊啊啊啊，我感覺到貼在雙臂上的胸部傳來的柔嫩觸感！白皙肌膚的柔滑膚觸！她們胸部的彈力和飽滿感、柔軟度都各有絕妙的不同，讓我感覺到乳房本身的獨特之處！

我要就這樣和這麼多人一起進用具室，繼續去年沒有完成的事情了嗎！我、我覺得這樣很可以！我也非常好奇在那之後要怎麼做！

然而，有個人從背後抱住了我！貼在背上的極致柔軟觸感！是莉雅絲從背後抱住我，打算阻止我被直接帶進用具室裡面！

「妳們幾個先等一下！他是我的眷屬，更是吉蒙里家的女婿！竟然想擅自帶走我的未婚夫到別的地方去做色色的事情，我可不會坐視不管！」

朱乃學姊也加入這個戰局，從伊莉娜手中搶走我的手臂，緊緊摟住！

「沒錯！他也是我的老公！我不會乖乖讓妳們帶走他！」

身為畢業生也是年長者的莉雅絲和朱乃學姊已經拋開該有的威嚴，單純化為一個女孩，開始和潔諾薇亞她們對抗！不再那麼氣定神閒的莉雅絲和朱乃學姊讓我覺得她們的表情和言行都非常可愛，這樣會不會很過分啊！

對此，潔諾薇亞等在校生組也與之對峙，一副不想讓兩人稱心如意的樣子。

「莉雅絲主人！既然游泳池都已經開放了，不如賭上一誠來分個勝負如何？」

伊莉娜也站到潔諾薇亞身旁去。看見這個狀況，莉雅絲和朱乃學姊看了彼此一眼，露出笑容滿面的開心表情。

「也好。現在正值夏天，就來一場熱烈的對決吧。」

莉雅絲站上其中一個跳台，於是潔諾薇亞便回應她的動作，也站上隔壁的跳台！

蕾維兒也順應情勢站到兩人身旁表示「要一決勝負是吧！包在我身上！」貼心地自願擔任裁判。

「各就各位！預備……開始！」

隨著蕾維兒的口令，莉雅絲和潔諾薇亞跳進游泳池裡！袒胸露背的兩人展現出曼妙的泳姿！

如此這般，莉雅絲＋朱乃學姊、潔諾薇亞＋伊莉娜的游泳對決就此展開，愛西亞跟羅絲薇瑟也跑去為她們加油！

……而我就這麼被她們丟到一旁了……也、也罷，反正到頭來應該還是要幫她們擦防曬油，現在有了決定順序的手段也算是幸運吧？依照剛才那個狀況，她們大概會開始爭奪我，根本顧不得擦防曬油了吧……

像這種時候，女生們真的很擅長找尋解決之道，更顯得她們彼此之間的感情真的很好。

……話雖如此，我還是非常在意要去用具室的那件事！去年的未完之事，我真的很想繼續完成啊！擦完防曬油之後再次決定順序，然後就到用具室去完成去年的那件事也可以吧！

我坐在泳池邊，一面心有所憾地這麼想，一面嘆氣……

話說回來，來到這裡的成員，主要是住在兵藤家的人。九重、奧菲斯、莉莉絲、勒菲，還有凜特也來了。

「菲斯、莉絲！球要過去嘍！」

九重（學校泳裝版）在游泳池裡對著奧菲斯和莉莉絲將海灘球高高往上打。

「吾，接球。」

「接球接球。」

龍神姊妹（也是學校泳裝版）開心地高舉雙手準備接球。

另一方面，加斯帕和瓦雷莉躲在遮陽傘底下一副很熱的樣子，但還是聊得很開心。

木場……他則是一個人默默地不斷游泳。從自由式開始，接著又換成蝶式等等，不斷變換游法一直游個不停。

凜特則是在泳裝外面又披了一件連帽外套，坐在跳台上望著游泳池……她的身材前凸後翹，穿起更性感的泳裝應該也很好看！

沒來這裡的百鬼是因為另外有事（他還說什麼「我不好意思去打擾大家」這種話），不克參加。爆華表示要在我們離開的時候保護兵藤家而選擇留守。

還有，愛爾梅希爾德也拒絕參加。

在夏季的艷陽高照之下打掃游泳池，再怎麼說對於純種吸血鬼的公主殿下而言似乎都太過嚴苛了，所以儘管感到遺憾，她現在也只能在舊校舍的社辦等我們。

勒菲在另外一邊的池畔看著九重、奧菲斯、莉莉絲她們玩球，跟著木場來的托斯卡則是在幫游泳中的木場加油。

今年的游泳池開放日比去年還要熱鬧呢。哎呀——這一年來真的多了不少夥伴。不但讓人心裡踏實，更讓我感到開心。人都多到會覺得游泳池有點擠了。

莉雅絲和潔諾薇亞她們也已經比賽游泳到把我給忘了，開始享受起競爭的樂趣。片刻的和平。如果這樣的時光可以永遠持續下去就好了……還有，大家可別忘了要擦防曬油喔！

就在我這麼想的時候。

突然，我感覺到背上傳來一陣極為軟嫩，美妙無比的觸感！應該說，有人從背後緊緊抱住了我！

我轉過頭去，看見的是黑歌的臉。

「呵呵呵♪大家在你爭我奪的時候就是有機可乘的時候喵。」

「黑、黑歌！」

黑歌舔了我的臉頰一下。一股舒適的電流竄過我的全身。

以肌膚貼著我的黑歌，兩手在我身上不斷游移。一雙柔荑滑過我的胸腹……讓我感覺到一陣情慾洶湧而至！

——！這時我發現了一件事。其中還夾雜著液體的濕滑觸感。仔細一看，黑歌貼著我的部分，還有碰過的地方都殘留著防曬油。

這、這個傢伙已經在自己身上擦好防曬油了嗎？

黑歌帶著煽情的表情說：

「叫男人幫自己擦防曬油已經過時了——現在就是要在自己的全身上下擦好防曬油，像這樣、那樣，反過來幫男人擦防曬油喵♪」

說著，黑歌開始以全身磨蹭我的身體——！沾滿防曬油的女體從我的背上開始往手臂、雙腿、頸項磨蹭，留下彈嫩的膚觸以及濕滑的感覺，一次又一次不斷來回——！

黑歌這個傢伙，沒有穿胸罩！這是裸胸的觸感！她在裸胸上沾了防曬油，然後貼在我身上，一次又一次地到處蹭來蹭去！有人用沾滿防曬油的身體對自己做出這種事情……竟然會遭受如此未知的體驗衝擊嗎！

從背後摟住我的黑歌那柔嫩的乳房、上臂、大腿上都布滿了濕滑的防曬油，勾搭著我的身體……！而且她還伸出舌頭順著我的頸項緩緩舔過去！

「啊嗚！」

刺激到害我終於忍不住叫出來了！

這樣未免也太挑逗了吧——！我都快要失去理智了！

「呵呵呵，瞧小赤龍帝一臉把持不住的樣子，看來效果非常好呢♪」

就在黑歌的手準備往我身上的某些地方伸過去的時候。

一個女生默默抓住黑歌的手——是小貓。

「…………」

她鼓著臉頰，看起來相當生氣。

不同於去年的學校泳裝，小貓穿的是可愛的白色連身泳裝。

看見妹妹的態度，黑歌不禁莞爾。

「哎呀呀，挑釁意味十足呢♪」

「黑歌姊姊，硬搶一誠學長就犯規了。必須先像莉雅絲姊姊和潔諾薇亞學姊那樣決定順序才行。」

「咦——那樣太麻煩了喵。有機可乘就從旁硬搶才是我的作風♪」

黑歌吐出舌頭想要裝可愛蒙混過關，但小貓還是一直板著臉。

最近，或許是因為雙方的隊伍不久之後就要直接對決了，小貓和黑歌在平常的生活當中也經常因為一點小事就進入對戰模式。

黑歌不斷用貼在我身上的軟溜女體磨蹭我，同時以哀求的語氣對我說：

「吶，小赤龍帝，你看白音都欺負我，救救我嘛。不然，我們躲去那邊的更衣室吧。」

聽黑歌這麼說，小貓挑起一邊的眉毛。

「……黑歌姊姊，妳帶一誠學長去更衣室之後打算做什麼？」

「這個嘛，還用說嗎？不覺得把這個濕答答又滑溜溜的感覺帶進去這樣那樣做完也不錯嗎？你說是不是啊，小赤龍帝？」

在用具室和潔諾薇亞她們！在更衣室和黑歌！原來還可以這樣啊！我因為發現了游泳池的新用法而在心中低吟！

——不過，我在這時鄭重其事地說：

「吶，黑歌啊，妳聽我說。妳老是這樣叫我『小赤龍帝』，這個稱呼我到現在還是聽不慣耶……」

「哎呀，這樣啊。」

黑歌愣了一下。

我們住在一起，關係也沒那麼不熟。瓦利也都用我的名字「兵藤一誠」叫我，只有黑歌還是叫我「赤龍帝」感覺也怪怪的。

「大家都叫我『一誠』，如果妳可以用類似這樣的稱呼叫我，以室友而言也比較好相處嘛。」

聽我這麼說，黑歌瞬間露出驚訝的表情……但隨後又笑得非常開心。

「原來是這樣啊～說的也是……或許到了是該思考這種事情的時期了呢。」

黑歌不住點頭，同時這麼說。

這時，我聽見蕾維兒的吶喊：

「啊！黑歌小姐！妳又偷跑了！這樣不照順序對各位前輩非常失禮，更會擾亂秩序！」

察覺到黑歌的行動，蕾維兒氣沖沖地大步走過來。

一看見蕾維兒，黑歌便露出淘氣的表情從我身上離開。

「——哎呀，凶巴巴的經紀人小妹來了，該撤退喵。呵呵，白音！我很期待比賽喔♪」

黑歌展開轉移型魔法陣，迅速離開現場——

「真是的，黑歌小姐還是老樣子……她從以前就是這樣嗎？」

蕾維兒一面嘆氣，一面這麼問小貓。

「嗯。愛惡作劇這一點從以前就沒變。」

這樣啊，她從以前就是那個調調啊。那也難怪小貓會變得這麼拘謹。雖然最主要應該還是受到莉雅絲的影響啦。

——正當我這麼想的時候，加斯帕淚眼汪汪地衝過來找小貓。

「小、小貓——！瓦雷莉熱到昏倒了～～！」

仔細一看，瓦雷莉躺在遠方的遮陽傘底下，一臉頭昏眼花的樣子。即使是晝行者也不敵高溫啊！

「……我知道了，小加。我們帶她進去屋子裡面吧。」

小貓立即因應，朝瓦雷莉那邊走過去。

我對蕾維兒說：

「……果然，大概是因為比賽快要到了吧，小貓和黑歌都很在意彼此呢。」

「這也在所難免。她們姊妹之間發生過那麼多事情，不久後又要以這種形式對決……」

小貓已經沒有以前那麼害怕黑歌了，姊妹之間的感情應該也算好……不過她們兩個自己的心情應該很複雜吧。

就在我想著那對貓又姊妹的時候。

蕾維兒的耳邊展開了小型的聯絡用魔法陣，情報從中傳出。

一聽到情報，蕾維兒大驚失色，放聲大叫：

「咦——！莉雅絲小姐，不、不得了了！」

莉雅絲那邊似乎也接獲聯絡了，停下游泳的動作，顯得驚訝不已。

「怎麼會！我沒有接到相關的聯絡啊！」

我來到驚慌失措的莉雅絲身邊問：

「怎麼了嗎？」

扶額的莉雅絲表示：

「……我們家的雙親好像到兵藤家來了。不僅如此，蕾維兒的母親大人，還有朱乃的父親大人也是……總之，聽說相關人士都已經齊聚一堂了。」

——！真的假的！莉、莉雅絲的雙親，還有蕾維兒的媽媽，就連巴拉基勒也到我家來了嗎————！

而蕾維兒又對這項消息補述：

「聽說連葛莉賽達修女，還有伊莉娜小姐的雙親也來了！」

『咦咦咦咦————！』

潔諾薇亞和伊莉娜同時放聲大叫。

我們這些兒子女兒們全都一樣，只能驚訝地大叫！

看來，才剛進入夏天，就要發生各種事件了。

Life.1 進入夏天了！

突然接獲報告，我們暫停了游泳池開放日的活動，急忙趕回兵藤家。

在我家的客廳，以我爸媽為首，不只是莉雅絲的雙親，就連蕾維兒的母親、巴拉基勒、葛莉賽達修女等人都已經齊聚一堂了！

一看見我們，莉雅絲的父親便帶著開朗的表情舉起手。

「嗨，各位。」

看見家長們集合在一起的狀況，我們只能驚訝不已……！

正當莉雅絲開口一句「父親——」還沒叫完的時候，一名女性逼近到我身邊打斷了她。

對方是一位容貌神似伊莉娜的黑髮女性——

她牽起我的手，對我笑了一下。

「哎呀哎呀哎呀哎呀，一誠啊，好久不見了！我在電視上看過你的比賽，不過近距離這樣一看，你還真的是長大了呢！」

女性以親密的口吻對我這麼說。我也覺得她有點面熟。

對此，伊莉娜從旁介入，對那名女性說：

「媽媽！妳怎麼會在這裡！我知道妳之前有說可能會來日本！但居然跑到這裡來！」

沒錯！正如伊莉娜所說，她是伊莉娜的母親！

伊莉娜的媽媽愣了一下，並且表示：

「哎呀，我沒跟妳說過嗎？」

她歪頭的動作，和伊莉娜一模一樣。

我正式問候了伊莉娜的媽媽。

「果然是伊莉娜家的阿姨！好久不見了。」

真的很久沒見到她了。伊莉娜搬家去英國之後就沒見過了。這麼說來我小時候，阿姨很照顧我呢。阿姨經常請我吃午餐，還會帶我和伊莉娜一起去逛百貨公司、看超級英雄秀呢。

「瞧瞧你！都長成這麼一個好男人了！在你小時候，我還半開玩笑地要你將來好好照顧我們家伊莉娜，沒想到你還真的願意要她呢！外孫是男生是女生阿姨都ＯＫ喔！」

總是很亢奮這一點也和伊莉娜一樣！而且阿姨很多觀念都和我們家老媽很像，所以她們從以前就很合得來！

聽自己的媽媽這麼說，讓伊莉娜也紅著臉表示「別這樣！大家都在看！」，看起來害羞到了極限！我也很不好意思，臉紅到都要噴火了！被家長這樣調侃我們根本無從回嘴！

為了找人說明這個狀況，莉雅絲問了自己的雙親。

「怎麼會有這麼多家長聚集到這裡來呢……父親大人、母親大人，各位到底要商討什麼？感覺應該不是來喝茶的吧……」

莉雅絲的爸爸點了一下頭之後說：

「嗯，我們在商量典禮的日程。大家都覺得，差不多是該看各家的方便，進行詳細調整的時候了。」

…………

…………………

「……典、典禮？」

我們這些小孩全都無法理解莉雅絲的爸爸在說什麼，露出一臉呆愣的表情，於是莉雅絲便略顯困惑地再次詢問。

莉雅絲的爸爸豪邁地笑了，同時爽快地回答：

「哈哈哈！還用得著問嗎，莉雅絲。當然是已經答應一誠求婚的妳和其他小姐們的結婚典禮的日程啊。」

……………………

…………………………………………

……我們所有人頓時之間無法思考，陷入一陣沉默……然後在想通的瞬間嚇到眼珠子都要蹦出來了，同時驚叫出聲！

『結、結婚典禮──────────！』

我們異口同聲地放聲大喊！

那當然了！說、說、說什麼結婚典禮的日程！那是怎麼回事啊！而且家長們好像都快談好了！我、我確實是和莉雅絲、朱乃學姊、愛西亞、潔諾薇亞、伊莉娜她們之間有婚約，但是家長們像這樣聚在一起討論婚禮的日程也太突然了吧！

莉雅絲她們當然也沒聽說這件事，大家都極度驚訝，瞠目結舌！

小貓、蕾維兒和羅絲薇瑟、木場、加斯帕，在場所有人都因為事出突然而說不出話來。

看見我們各個都動搖不已，莉雅絲的媽媽嘆了一口氣，向丈夫抱怨。

「親愛的，你一開口就提結婚典禮，只會擾亂這些孩子們而已。」

說完，她話鋒一轉對我們說：

「正確說來，事情沒有這麼快喔。不過，既然你們已經正式定下婚約，考慮到一誠和莉雅絲等人的繁忙行程，就得趁現在決定日期並且開始準備才行。」

聽了這番話，似乎想通的蕾維兒表示「原來如此！」，敲了一下手。

莉雅絲的爸爸也對莉雅絲的媽媽這番話點頭附和。

「正是如此，而且婚禮也有個先後順序。即使想辦聯合婚禮，考慮到各家的立場恐怕很困難。因為還會牽扯到宗教。」

我家老爸也接著這番話說了下去：

「所以我們就決定，既然如此，乾脆還是各家都辦一場好了。不過呢——我們家全部都得參加就是了！」

是、是啊，我的老爸老媽是全部都得參加沒錯啦……！

我們還來不及回話，蕾維兒的媽媽已經把手放在（豐滿的）胸脯上表示：

「一連串的行程管理將由菲尼克斯家負責統籌。我想應該可以從中得知許多可供日後參考的要點吧。妳說對吧，蕾維兒？」

聽自己的母親這麼問，蕾維兒驚慌失措到不行，臉也紅了。

「母、母親大人！我、我還沒……」

「只是時間早晚的問題。妳的日期我也會放進暫定的時程表裡面。」

蕾維兒的媽媽不讓她有機會應聲。

沒有理會滿心只有困惑的我，家長們討論得一頭熱。

我老媽一臉傷腦筋地表示：

「這下麻煩了……是不是該每場婚禮都該換一套衣服才行呢……」

回應了她的煩惱的是莉雅絲的媽媽。

「哎呀，這件事就由吉蒙里家負責吧。我可以介紹很多店家給您。」

「這樣啊！那就好！」

另一方面，一直在我身邊不住顫抖的朱乃學姊或許是忍不住了吧，對她的父親巴拉基勒表示：

「父親大人！我想穿白無垢！」

朱乃學姊說出這種話來！我還以為她是因為家長們自作主張而感到生氣，沒想到正好相反，她開心到眼眶都濕了！

聽了女兒的要求，身為父親的巴拉基勒也不禁流下男兒淚。

「嗚咕——！交給爸爸辦吧，朱乃！我會幫妳準備華麗的嫁裳！包在我身上！」

接著伊莉娜也向前站出一步，眼睛閃閃發亮地說：

「爸爸！媽媽！我想在天界辦婚禮！」

對此，伊莉娜家的叔叔也舉起手露出滿面的笑容。

「爸爸就知道妳會這麼說，所以早就向上司報告過了！」

啊啊啊啊啊啊啊！丟下被狀況搞得暈頭轉向的我，女生們已經跟上家長們的腳步，接連取得共識了——！

我家老媽也對愛西亞說：

「愛西亞喜歡哪個會場也可以說，不要客氣喔。一誠的薪水就該用在這種時候。」

「好的，兵藤媽媽！我、我想在日本辦！」

聽了愛西亞的期望，我家老爸似乎妄想了起來，露出一臉恍惚的表情。

「愛西亞穿上婚紗的模樣，一定很美吧……」

潔諾薇亞也悄悄坐到葛莉賽達修女身旁，開始和她對話：

「考慮到我的來歷，還是應該在梵蒂岡辦吧？」

「妳可以選擇喜歡的地方無所謂。因為這是妳一生最重要的大日子。我也會聽妳的。」

看見這一連串的狀況，莉雅絲終於也忍耐不住，放聲吶喊：

「父親大人！母親大人！」

再怎麼說莉雅絲也會抗議個幾句吧，正當我這麼想的時候——

「我想在京都辦婚禮！」

她卻攤開不知何時拿出來的婚禮介紹手冊給雙親看了起來！

竟然連莉雅絲也上了這條船，那我根本沒辦法說什麼了嘛！

「這種時候最開心的就是爸媽了嘛。」

——木場也苦笑著這麼說。

蕾維兒也接著說了下去：

「不過，正如維妮拉娜大人所說，考慮到一誠先生的——身為『胸部龍』的今後，趁現在先在某種程度上定好日程確實是英明的抉擇。既然求婚的步驟都已經完成了，剩下就是在決定好的日期之前將一切準備妥當，這樣的安排對於容易臨時變忙的我們而言，可以說是非常理所當然的事情。」

蕾維兒說的確實有道理。無論是身為惡魔的「國王(king)」還是身為「胸部龍」，我今後的行程應該都會變得更加緊湊。惡魔的工作也是，英雄的活動也是如此。這一點對莉雅絲而言也一樣。

而且我們也是反恐小組「D×D」的成員。現在是大會期間，感覺還算平靜，但天曉得哪時還會有像李澤維姆那樣的傢伙冒出來。

這樣想來，趁現在先大略決定好婚禮的日程，應該還是比較好……？

木場說：

「既然是一誠同學和大家的結婚典禮，應該也會有很多VIP級的客人出席，趁早預定那些貴賓的行程也比較好。要是等到時間快到了才告知，對方恐怕也不克前來。話雖如此，新娘家長是這幾位的話，又不能不通知平常有在來往的要人。」

啊——確實還得考慮這些才行……

我已經和我打從心底重視，也決定要共度終生的女生們互許未來了，但是站在家長的角度看來，既然已經走到這一步，就想順勢連儀式都安排好了吧。不，照理來說我也應該更看重這件事才對……

但這件事發生的時間遠遠早於我的想像，對於身為一個高中三年級學生的我來說，只有滿心困惑！

或許是察覺到我心裡的想法了，羅絲薇瑟說：

「一誠會擔心是理所當然的。儘管已經定下婚約，你們幾位當事人應該還是把婚禮設想在好幾年以後吧，所以見到幾位家長討論得這麼熱烈確實會有點跟不太上。不過，這也表示幾位做父母的有多麼開心。」

木場、蕾維兒、羅絲薇瑟的意見都是千真萬確，讓我看清自己的認知有多麼天真。

嗯，主動求婚的我還這樣確實不行。莉雅絲她們其實應該也想和我討論更多這方面的事情才是。

以後我要和她們多多溝通今後的安排，並且多問各家的家長有什麼指示。

啊，首要之務，難得伊莉娜的雙親和葛莉賽達修女都來了，我得先正式向她們表示「請把女兒／妹妹交給我吧！」才行。

我已經得到莉雅絲的雙親和巴拉基勒的同意了，所以應該要確實得到所有家長的認同才行！

剛才的困惑已經煙消雲散。我轉換了想法，決定以積極正向的態度接受這個狀況。

——而就在這個時候。

一名巨漢出現在客廳——身高約莫兩米，脖子粗壯，手臂厚實，腿比我的腰還寬……然後配上和這種身材搭不起來的老人面貌！

身穿禮袍的白髮大漢，就這麼站在那裡。

「喔喔，要舉辦婚禮是吧。屆時請務必讓我擔任神父祝福幾位。」

說著，他爬滿皺紋的臉上露出微笑。

我、我不可能忘得了這個人！

「史特拉達大人！」

聽見我的招呼，梵蒂岡的前樞機主教——瓦斯科．史特拉達大人伸出他的大手摸了摸我的頭。

「貴安，赤龍帝小子。你的比賽我都有在看。打得相當不錯呢。」

震驚的潔諾薇亞和伊莉娜迅速原地跪下（於是凜特也跟著跪了下去）。對於教會的戰士而言，他原本是頂頭上司嘛……史特拉達大人伸出手，示意要她們站起來。

這、這個人是在不久前的教會戰士武裝政變中來到日本的梵蒂岡高層。我聽說，一肩扛起政變的所有罪責的他，之後過著隱居生活……

在６６６（trihexa）進攻的時候前來支援我們的表現依然讓我記憶猶新，只是為什麼史特拉達大人會在這裡……？

我的隊員們全都驚訝不已——但莉雅絲的隊員們看起來似乎都不怎麼驚訝。這樣一個響噹噹的大人物出現在這裡，應該要像潔諾薇亞和伊莉娜那樣嚇一跳才是理所當然的吧……

對於史特拉達大人現身，蕾維兒似乎赫然察覺到什麼事情，轉頭看向莉雅絲；而她揚起嘴角，得意地笑了。

「沒錯，蕾維兒。我邀請大人加入我的隊伍了。」

『——！』

對於莉雅絲的發言，我們隊上的所有人都只能驚訝不已！可惡！從剛才開始我就一直都在驚訝，但這也是無可奈何的事情啊！爸媽們為了結婚典禮而一頭熱，最後又聽說那位瓦斯科．史特拉達大人加入了莉雅絲的隊伍！

因為聽說史特拉達大人已經退休，我完全沒有想像到他會參加這次大會！

而且還是加入莉雅絲的隊伍！依照正常的思維，即使大人要參加比賽，也應該是加入和教會或是天界相關的隊伍吧……！

莉雅絲到底是用怎樣的手段，才說服了史特拉達大人啊……？

不對，莉雅絲原本就相當擅長說服人。追根究柢，我們也是應了她的邀約，成為眷屬，才會聚集在這裡！

仔細看一下我們的成員，可以發現各個都是能力超群。即使史特拉達大人加入其中，也可以說不足為奇。

可、可是！我還真沒想到，史特拉達大人會加入莉雅絲的隊伍……！

以蕾維兒為首，潔諾薇亞等隊員們的表情全都從驚訝變成了凝重。

原本談論結婚典禮話題的現場逐漸冒出大會的悶熱氛圍，這時伊莉娜的爸爸和葛莉賽達修女對大人下跪，打破了這樣的氣氛。

「大人好。」

史特拉達大人露出笑容，以手勢示意他們起身。

「免禮免禮。戰士紫藤冬二、葛莉賽達修女，抬起頭來吧。我現在是以個人身分來到這裡叨擾。」

莉雅絲的爸爸媽媽也跟著向大人打招呼。

「初次見面，瓦斯科．史特拉達大人，我是當代吉蒙里家的負責人。這位是內人維妮拉娜。」

蕾維兒的媽媽也微微低頭行禮。

「我是當代菲尼克斯的妻子。能夠見到聲名遠播的聖人是我的榮幸。」

上級惡魔和教會的前高層會聚一堂還真是相當難得的光景啊。不久之前這應該還是無法避免一戰的狀態吧。

巴拉基勒也站了起來，和史特拉達大人握手。

「像這樣就近和你見面……大概已經時隔數十年了吧。」

「哈哈哈，當時我還是個小毛頭，多有得罪了。見你還是健壯如昔真是太好了。」

他們見過面？也是，史特拉達大人身為戰士的時間好像也很長。

木場若無其事地對我說：

（據說大人在年輕的時候曾經和墮天使的幹部交手過無數次。）

啊——這麼說來，我也聽說過他曾經擊退可卡比勒嘛。可卡比勒在襲擊這裡的時候也提過史特拉達大人的事蹟，可見他對於墮天使陣營是多麼具備衝擊性的一位人物。

如此這般，連史特拉達大人也加入了討論婚禮行程的成員當中，後來大家又繼續討論了一陣子——

討論到有了某種程度的共識之後，我家老媽冒出這麼一句話：

「到時候也得請鄉下的婆婆參加才行，但是到底該怎麼說明箇中原委才好呢……」

這個問題……相當重大。我家奶奶根本無從得知惡魔和妖怪之類真的存在嘛！

我家老爸歪著頭說：

「如果老爸還在的話，聽到這種事情應該也只會說句『嗯，世上也有這種事情吧！』就全盤接受了吧……」

啊——正如老爸所說，如果是爺爺大概會說出類似這樣的話，願意相信惡魔啦、天使之類的事情。我家爺爺是個不太在意小事情的豪爽人物。

老爸接著又這麼說：

「嗯——不過，我覺得老媽也會相信這種事情就是了。她從以前就提過相信有妖怪、山神，類似這樣的發言。」

「老一輩的人對於這種事情其實接受度挺高的呢。」

老媽也這樣附和。

莉雅絲的爸爸說：

「要讓一般民眾相信非人者的存在，最好的方法就是讓他們見到該國家的非人者。主流派的河童……其實衝擊性意外的強呢……嗯……」

莉雅絲的爸爸看著並肩坐在沙發上的小貓和（先一步回到家裡來的）黑歌，同時這麼表示：

「正好有小貓和她的姊姊在，讓當事人從貓又開始習慣或許是個好方法。秀出貓耳和尾巴，並且好好說明。」

從小貓和黑歌入門是吧。也對，這樣應該最不會出差錯。她們的外表和人類幾乎沒有兩樣。耳朵和尾巴或許會被當成裝飾品，但外觀沒有那麼嚇人，應該比較容易接受吧。

我是惡魔，未來的新娘們又都是天使和惡魔，要辦結婚典禮的時候無論如何都得針對這個部分好好說明才行。也難怪我的爸媽會煩惱該怎麼告訴奶奶了。

……或許總有一天也得把我們的真實身分告訴松田和元濱吧？不對，告訴他們可能會害他們惹禍上身……不過，感覺他們說不定會在驚訝之後立刻習慣，然後叫我「介紹可愛的惡魔女生給我們！」之類的呢。

愛西亞問我：

「一誠先生的爺爺是一位怎樣的人啊？」

「非常好色。首先會想到的就是這個了。」

我立刻這麼回答。

嗯，爺爺有一大堆色情書刊，一起出門的時候總是跟在漂亮小姐的屁股後面。而且動不動就會提起胸部。

我老爸也一邊用力點頭一邊說：

「……是啊，一誠這麼好色，這麼想建立後宮，肯定是受到我老爸的影響吧。畢竟，老媽也說過老爸年輕的時候總是跟在女人的屁股後面到處跑。」

對此老媽也跟著說：

「哎呀，我聽婆婆說，公公在年紀大了以後還是一一直跟在年輕女孩的屁股後面到處跑喔。」

奶奶好像也對我這麼說過。說爺爺從年輕的時候就很好色。奶奶每次見到我，都會說我和爺爺非常像。

我對愛西亞說：

「我爺爺啊，只要出去逛街的時候看到漂亮小姐，就會看得一臉色心大發的樣子喔。」

對此，老爸沒好氣地說：

「你也一樣喔，一誠。你從小時候就會一直盯著漂亮小姐看。」

那還真是非常抱歉！

不過，老爸的視線也經常被漂亮小姐吸走喔！

老爸嘆了口氣說：

「我家老爸年輕的時候太愛玩了，還有老一輩的親戚說他搞不好在外面有私生子……曾經有那麼一段時期，我成天提心吊膽，深怕會有同父異母的兄弟冒出來呢。」

夠了喔！別提那種八卦好嗎！要是現在冒出爺爺的私生子的小孩，我們家的族譜會變得很複雜耶！

「哈哈哈，看來令尊相當風流呢。」

莉雅絲的爸爸的反應總是如此豪爽。

應該說，幾位惡魔也都只是興致勃勃地聽著我爺爺的故事。

好色這一點光是看我也很有說服力，私生子這種事情站在惡魔貴族的立場看來，可能也是屢見不鮮吧。

「這麼說來，我還在念國中的時候，老爸曾經和同班同學的媽媽——」

——說著，我家老爸開始大談爺爺經了。其他家長們似乎也意外對這種話題相當有興趣，不時點頭答腔，認真傾聽。

我往旁邊一看，莉雅絲、愛西亞、朱乃學姊、潔諾薇亞、伊莉娜、蕾維兒、羅絲薇瑟也都興味盎然聽老爸講我爺爺的故事聽得很專心。

……可以聽到爺爺的故事或許是很難得沒錯。平常生活中，我好像也不太常提起爺爺。

我呼了一口氣，站起來走向廚房。因為我想去拿冰箱裡面的飲料。

廚房裡面似乎已經有人了，是小貓和黑歌在裡面一邊喝可樂，一邊想事情。

黑歌低聲冒出這麼一句話：

「……雙親啊……」

惆悵的表情，憂鬱的眼神……她偶爾會露出這種認真的美女神情，害我看得著迷。黑歌只要不開口就真的是個美人胚子呢。

黑歌看向我這邊，這麼一問：

「嫁給小赤龍帝的時候，是不是非得有家長不可啊？妳覺得呢，白音？」

黑歌這麼問小貓，然而──

「…………我沒有任何關於爸爸媽媽的記憶。」

她壓低聲音這麼回答。

黑歌也苦笑。

「……說的也是。我不該問妳這個的，白音。」

「不會。」

兩人就這樣默默地繼續喝起可樂來了。

由於比賽將近，兩人有事沒事就會彼此對立，不過平常也會像這樣和樂融融地一起喝飲料，並肩坐在一起，感情非常好。

……話說回來，她們的雙親是吧。我好像從來沒有聽過相關的事情。

儘管廚房裡的氛圍變得難以言喻，客廳還是傳出「哈哈哈！」這樣哄堂大笑的聲音，看來是爺爺的故事把氣氛炒得很熱絡吧。

—○●○—

隔天——

昨天因為家長們突然造訪，還有史特拉達大人現身等等事件，最後根本顧不得開放游泳池了……

改天再到游泳池去重新來過——大家原本決定這麼做，但是仔細想想，我們家地下也有（比學校的還要大的）游泳池，所以也不必急於一時。

真的到了緊要關頭，在我們家的游泳池玩就可以了……只是擦防曬油還是要在大太陽底下進行才有意義……話雖如此，惡魔和吸血鬼跑到太陽底下，在游泳池畔擦防曬油感覺好像也怪怪的就是了。

想著這些的同時，我在放學之後和蕾維兒來到校外採購。

社團活動要用的日用品很多都快要用完了，所以我們來到附近的平價賣場添購。

迅速買完東西後，走在回學校的路上，我和蕾維兒針對國際大會的今後開始交換意見。

「史特拉達大人竟然加入了莉雅絲的隊伍……與其說是出乎意料，不如說我連預料這件事的想法都沒有。」

我說出自己的真心話。

杜蘭朵的前任持有者，同時也是教會戰士們的主導者——那位大人的實力是有目共睹，儘管年老體衰還是能夠壓倒我們。

或許他已經因為年齡而導致體力衰退……但參戰依然是一大威脅。他在莉雅絲的隊伍當中想必也會是數一數二的能手吧。

蕾維兒說：

「如此一來莉雅絲小姐的隊伍在形式上也已經滿員了……而且隊員各個都是實力堅強。原本魔下的各位眷屬包括今後的成長在內固然已經相當強悍，再加上後來拉進隊伍中的兩員神滅具（longinus）、邪龍克隆．庫瓦赫，還有瓦斯科．史特拉達大人……陣容實在過於強大，身為同伴，我感到相當驕傲，相反的卻也非常害怕。」

我完全同意。由平常是夥伴的我看來，莉雅絲的談判技巧之高超，著實令人感到非常高興，但是既然會在國際大會當中對上，這也讓我感到無比害怕。

可能已經在天龍級之上的克隆．庫瓦赫，加上史特拉達大人……史特拉達大人有個弱點是身體因為年邁而禁不住長時間戰鬥，但儘管如此，這樣的陣容還是十分凶狠。

蕾維兒說：

「……強化我們這些隊員的必要性自然已經更勝以往，不過一誠先生的龍神化也一樣，需要從部分變化更進一步才行。」

換句話說，就是將來會需要戰鬥時間高於十秒的龍神化嘍。這個嘛，我也一直在想這件事就是了……

不過，這也不是靠修練就能夠立刻解決的問題。那原本是因為有龍神奧菲斯協助才產生的能力，我總覺得如果碰上某種類似神力加持的事件，或許能夠更進一步就是了……

正當我因為要解決的問題太多而歪頭煩惱的時候，蕾維兒忽然對我這麼說：

「一誠先生，阿修羅神族的王子又獲得一勝了呢。」

「是啊，摩訶末梨的隊伍強得亂七八糟。要是碰上他們可就慘了。」

沒錯，我們特別關注的神級隊伍之一，就是阿修羅神族的摩訶末梨的隊伍。

我曾經在我的上級惡魔升格儀式時，和濕婆神一起見過那位神明一面，祂的隊伍在大會當中勢如破竹，從開賽至今未嘗敗績，不斷累積勝場。

祂似乎十分憎恨帝釋天，比賽內容也都像是在發洩那股怨氣似的震撼，接連擊敗對手。

……足以摧毀專用領域的戰鬥方式，充分讓人見識到和神級隊伍戰鬥會是多麼嚴苛。

對上摩訶末梨的戰況之激烈，使得許多隊伍因為感到害怕而棄權離開大會。

不過，對其他隊伍造成這種效應的不只摩訶末梨，其他神級或是相當於神級的隊伍的戰鬥表現也一樣。

親眼目睹原本只有在傳說、傳承當中聽聞的諸神的攻擊，應該沒有人不會感到害怕吧。

我自己也覺得在這次大會當中要一路贏到底是不可能的任務……但幸運的是，我們曾經實際和類似的對手戰鬥過，所以在害怕之餘仍然能夠繼續向前進。

蕾維兒說：

「摩訶末梨大人的隊伍是最有冠軍相的隊伍之一。面對這種對手，必須抱持著志在優勝的心態，否則不可能獲勝。這一點在面對下一戰『諸王的餘興』隊的時候也一樣。我們必須以『胸部龍』的隊伍自持，施展出全力中的全力才行。」

沒錯，不久之後我們就要和維達祂們的隊伍戰鬥了。話雖如此，在那之前還有莉雅絲的隊伍和瓦利隊的戰鬥就是了……

對我們而言是在這次大會當中首次與諸神一戰，所以要擔心的事情很多。

首先從戰力來看，對方占有極大的優勢，所以該如何顛覆這一點……不對，光是設法與之抗衡就是個大問題了。

「諸王的餘興」幾乎肯定能夠拿下這場勝利——這是任何人都認同的現狀。

之所以說「幾乎」，是因為考量到我透過胸部引發的奇蹟，基於之前的種種來推斷也無法得知會發生什麼事情，所以才會得到這種評價。

透過胸部引發的奇蹟——如果能夠說引發就引發的話，我也很想啊！就是在這種時候我才特別想要那位什麼乳神鼎力相助……但是偏偏在這種時候沒有任何一點會降臨的跡象，才讓我更傷腦筋啊！

好、好吧，正因為是偶發性的現象才會稱為「奇蹟」就是了。

與其依賴那種不知道靠不靠得住的奇蹟，我們選擇在比較現實一點的層級事先準備好強化方式以及作戰計畫……

更何況還有羅伊根．貝爾芬格小姐的提議，或許應該再深入一點詳細擬定作戰計畫比較好。

……在懷抱著這種不安的同時，我又多了另外一件必須掛心的事情。

我看向走在身邊的蕾維兒。

昨天，在婚禮的事情討論到一個段落之後，蕾維兒的媽媽私下對我說：

『上一場比賽我看過了……兵藤一誠先生。我應該告訴過你才對。蕾維兒的資質是霸道。只要使用她的方式稍有差錯，霸道的面相就會立刻顯現出來。』

蕾維兒的媽媽針對上一場比賽——對上西迪隊的那一場遊戲，如此表達意見。

面對擅長以戰術克敵制勝的蒼那學姊，蕾維兒刻意選擇不靠戰術因應，而是以大規模的大膽戰略，成功擊敗對手。

以遊戲的進展而言也是以我們大獲全勝作收，震驚了收看遊戲的其他隊伍和媒體人士，話題不斷。

大膽到驚人的手段，固然讓觀戰的人們興奮不已……但相反的，由於作戰方式過於不留情面，也引發了「胸部龍的隊伍不應該是這樣」、「菲尼克斯家的長女是冷酷無情的操盤手」等批判聲浪。

她本人對於別人說她什麼似乎都不太介意，但唯有「胸部龍的隊伍不應該是這樣」這個評價，好像讓她非常在意。

蕾維兒的媽媽接著又對我說：

『霸道是追求合理性之道，容易帶來確實的勝利——但是相反的，也容易造成別人的反感。強硬又不講情面的正確答案……看了那孩子指揮的比賽，相信一定會有人這麼想吧。』

蕾維兒的媽媽如此斷定。

『——只論合理性，無法掌握住對方的心。』

……她的意思是，我再這樣下去會無法掌握人心嗎？

因為我是「胸部龍」，所以不可以背叛世人的……背叛小朋友的夢想。靠現在的方式戰鬥下去，只會造成批判聲浪逐漸擴散，蕾維兒的媽媽言下之意就是這樣吧。

就算是這樣！蕾維兒也已經做得很好了！要是沒有蕾維兒為我們擬定作戰計畫，我們可能無法獲勝！我知道……蕾維兒不眠不休地擬定作戰計畫，同時還管理、調整各式各樣的行程。蕾維兒能夠同時處理那麼多事情，還可以贏過蒼那學姊，我比任何人都還要以這樣的她感到驕傲！

——我的經紀人，是冥界第一的經紀人！我相信是這樣！

然而，蕾維兒的媽媽又這麼補充：

『而且，我想在這次大會當中，那個孩子的能力恐怕只能通用到預賽吧。決賽應該只剩下擁有魔王級和神級戰力的隊伍，化為神話等級的狀況了才對。到了那個時候，沒人知道戰術、戰略能夠通用到何種地步……』

面對諸神的時候，我們的……蕾維兒的作戰計畫或許不管用，是吧。也是，面對出現在神話當中的神明們，一介惡魔想出來的東西又能夠發揮多少作用呢？

對方可是以引發奇蹟為業的神明呢——

要考量到對方引發的奇蹟，我們又該怎麼擬定作戰計畫啊？

要解決的問題實在太多了。首先，我們應該好好討論今後該以怎樣的方式戰鬥，並且在顧慮到結論的狀態下，研擬對付「諸王的餘興」隊的作戰計畫。

既然要以優勝為目標，這就是我們絕對無法避免的難關。打從一開始我們就沒有放棄這個選項。

真是的，現在說這種話好像也太晚了，不過「胸部龍」還真不好當呢。阿撒塞勒老師之前經常說「你們今後會越來越辛苦」，他在說這句話時大概早就料想到這種狀況了吧。

有許許多多的人們、夥伴們、眷屬們，在支持著我。

可是，最後要做出決定的是我。要帶領大家前進的也是我。我不可以把事情都交給別人去做。

——我已經成為「國王」了。我想要以強者自居。

好了，回去以後，完成社團活動，之後就和隊員們一起好好討論吧。正當我想對蕾維兒這麼說的時候。

我們已經來到距離駒王學園不遠的地方，這時百鬼——還有班妮雅從眼前奔馳而過。

「該死的傢伙！他們的目標是另外一邊嗎！」

看見百鬼大聲咒罵，我和蕾維兒便斷定出事了。

我大聲叫住她們兩個。

「喂，班妮雅、百鬼！」

兩人聽見我的叫聲，轉過頭來。

百鬼對我大喊：

「兵藤學長！還有菲尼克斯！」

『胸部龍老大！』

兩人迅速奔向我們這邊。

「怎麼了，看起來好像出事了……」

我才剛問出口，百鬼便拉起我的手！

「學長也跟我們來吧！」

班妮雅難得一臉凝重地如此補充：

『——貓又學姊他們被死神(grim reaper)盯上了。』

——！

看樣子，是發生非常嚴重的問題了！

我們一邊奔跑，一邊聽百鬼說明狀況。

學生會的雜務之一是在學校附近撿垃圾，而這個星期輪到百鬼和蜜拉卡小姐留下來。正好因為現在是社團活動沒那麼繁忙的時期，所以我們的社團也出動了小貓、加斯帕（因為是同學）和班妮雅（因為學生會裡有西迪眷屬）當義工去幫忙。

——然後，他們在撿垃圾的時候被一群死神攻擊了！

為什麼這裡會有死神！這一點不但讓我驚訝，籠罩著這一帶的結界功能是否正常也令人擔心……

百鬼他們原本想兵分二路等敵人離去，但大部分的死神都集中到小貓、加斯帕、蜜拉卡小姐那邊去了，所以兩人決定朝他們跑走的方向趕過去，然後就在途中撞見了我們。

『我原本還以為他們的目標是我呢。』

班妮雅這麼說。

她是死神的幹部——最上級死神之一，奧迦斯的女兒。死神要盯上她應該也不缺理由。

然而，百鬼他們說死神們只是稍微和他們過了幾招就撤退，然後跑到小貓他們那邊去。

換句話說，他們的目標——應該是小貓、加斯帕、蜜拉卡小姐當中的某個人嘍……

一踏進駒王學園附近的樹林，我便感覺到戰鬥的氣息。

看來戰鬥已經開始了。

我們抵達傳出戰鬥氣息的地方——看見的是小貓、加斯帕、蜜拉卡小姐被一群身穿漆黑長袍的人包圍在一塊空地上。

那些傢伙就和之前見過的一樣，兜帽蓋得很低，眼睛閃爍著詭異的光芒。

他們的手上握著裝飾得很沒品味的大鐮刀，對小貓他們散發出的敵意極為明顯。

然而，首當其衝的他們——

「哈！喝——！」

小貓以俐落的身段躲過死神揮出的鐮刀，並且以輕快而準確的動作施展拳打腳踢。

「——請不要小看我。」

加斯帕並未化身為黑色野獸，雙眸閃現危險的紅色光芒，展開自己的影子，隨心所欲地操縱著。影子像是擁有自我意識的觸手一般朝死神們伸展過去，緊緊束縛住他們的身體，剝奪他們的自由，然後加斯帕自己也衝上前去。他只讓右臂部分巴羅爾化，以極為粗壯的手臂揍飛對手。

加斯帕的巴羅爾部分變化。這招也是那個傢伙透過修練得到的成果。那個傢伙真的開始在這個狀態下也能夠進行肉搏戰了呢。

「喝啊！好累喔！累死我了！」

把自己包得緊緊的蜜拉卡小姐嘴上不斷抱怨，仍然憑赤手空拳以及體術輕快地玩弄著死神。她逮到破綻便出拳撂倒對手，看來她身為吸血鬼的純臂力也相當強呢……

看見蜜拉卡小姐正在戰鬥，百鬼大喊：

「蜜拉卡！別太亂來啊！」

「啊，黃龍。放心啦。這種程度的對手我還贏得了。」

「不是！要是蜜拉卡使用了力量，這一帶會化為地獄吧！」

「現在是白天，所以沒問題啦。如果是晚上就有問題了。」

光是看她能夠空手打倒號稱強過低等惡魔的死神就知道她不是等閒之輩，要是到了晚上會變成怎樣啊……？

聽見百鬼的聲音，成群的死神似乎發現了前來助陣的我們。他們的視線──聚集到我身上來。警戒的氣氛同時變得更加濃烈。

『是赤龍帝！』

『是這一代的「紅龍（welsh dragon）」！』

我也瞬間穿上鎧甲，擺出隨時都能夠衝出去的架勢。

於是，一名看似負責統領他們，身上的長袍裝飾得特別講究的死神出聲了。

『……是赤龍帝啊。看來不好對付。』

那個傢伙往旁邊伸出手，成群的死神便做鳥獸散，留下黑色的殘像，瞬間從現場消失。

「嗚、喂！站住！」

儘管我這麼說，但他們早已逃之夭夭了。

……那、那些傢伙就那麼怕我嗎？也、也是，和他們在「魔獸騷動」襲擊冥界的那時候比起來，我變強了不少就是。

班妮雅一邊收起鐮刀一邊說：

『……從那個氣焰的感覺判斷，應該是塔納托斯大人的眷屬吧。祂是最上級死神，也是冥界的幹部之一。在冥府是屬於暗部的派閥。』

——最上級死神的派閥！幹部的部下來這種地方幹嘛啊……？

我們只有滿心困惑。

加斯帕說：

「一誠學長，那些傢伙的目標是小貓！」

——！

我看向小貓。

「你說什麼？」

小貓本人則是露出一臉狐疑的表情，如此自問：

「…………為什麼是我……？」

……看來，危險正在朝著我們逼近。

Life.2 死之神與刃之狗

遭受死神們襲擊的當天晚上——

我們召集了叫得到的成員，在兵藤家樓上的貴賓室集合。主要是以吉蒙里眷屬為中心，還有住在兵藤家的成員。只是，黑歌去和瓦利他們會合了，所以不在這裡，也聯絡不到。

我們把那群死神鎖定小貓而來這件事告訴莉雅絲他們，理所當然的，大家都相當震驚。

張設了結界的這一帶被他們闖了進來固然也是大事一件，但針對這次襲擊，莉雅絲有這樣的見解——

「……死神突然來襲，會不會和塞拉歐格他們現在正在處理的事件有關連呢？」

塞拉歐格他們正在處理的事件……？我第一次聽說。

蕾維兒問莉雅絲：

「那件事是真的嗎？」

莉雅絲點了點頭。

「是啊，塞拉歐格也聯絡了我，要我們姑且留心一下。」

「是什麼事情啊？」

我又問了一次，蕾維兒便回答我：

「──聽說有些身分不詳的惡魔，在部分領域作亂。」

……身分不詳的惡魔在作亂！什麼狀況啊！舊魔王派的殘存分子又出來作亂之類的嗎？不對，根據我聽到的消息，和「禍之團（Khaos brigade）」有掛勾的舊魔王派，都隨著邪惡之樹（Qliphoth）瓦解，而終於陷入完全停止活動的狀態了啊……

「在部分地區……身分不詳的惡魔。不過，確定是惡魔沒錯吧？」

聽我這麼說，莉雅絲露出一臉凝重的表情。

「聽說他們的來歷完全不明。現在的冥界不同於從前，連一般民眾也有身分證了。然而卻有完全查不到身分的惡魔出現在巴力領等地。」

身分不明的惡魔啊。即使惡魔社會的階級制度再怎麼根深蒂固，事到如今還會有來歷不明的惡魔嗎……不過，惡魔世界也有未開化地區，也聽說有遠古的惡魔隱居在冥界的角落。

「拒絕登記戶籍的家族的子孫，對於現任政府的不滿到了現在終於爆發……之類嗎？」

聽我這麼說，莉雅絲露出難以言喻的表情。

「……如果只是這樣，或許還比較好辦呢……」

……如果是拒絕登錄個人資料的惡魔的子孫，問題可能還比較簡單是吧……

伊莉娜一臉困惑地這麼說：

「難不成轉生天使接獲的可疑分子鎮壓命令，其實也和那個有關吧？」

「天界也有什麼動靜嗎？」

聽潔諾薇亞這麼問，伊莉娜點了點頭。

「聽說在我們宗教的管轄範圍內，好像有一些可疑分子在惹事。現在是以鬼牌為首的轉生天使在處理。原則上，他們是說我還不需要出動就是了……」

在天界、教會的管轄範圍內也發生了可疑的事件嗎！這下事情真的越來越令人擔憂了。照這個情勢看來，就算莉雅絲覺得死神襲擊事件或許和這件事有關也不意外了。

「…………」

小貓也露出不安的表情。畢竟她突然成了被盯上的目標嘛。而且目前還不知道理由是什麼。因為未知的理由而被盯上也只會感到不安了吧。

——正當眾人都一臉凝重的時候，朱乃學姊身邊冒出一個聯絡用魔法陣。掌握到情報的朱乃學姊嘆了一口氣。

「我接到聯絡了。說不定這件事會和我們正在討論的事情直接相關。」

才剛說完，朱乃學姊在便條紙上振筆疾書，然後遞給莉雅絲。

朱乃學姊說：

「——『刃狗(slash dog)』，鳶雄哥……幾瀨先生表示有情報想要告訴我們。他跟我說了指定的地點……不知道有沒有人對這個地址有印象？」

出自幾瀨先生的情報？順道一提，朱乃學姊和幾瀨先生是親戚，所以她都叫那個遠房表哥為「鳶雄哥哥」。

「刃狗」隊是神子監視者(Grigori)的特務，也是「D×D」的支援小隊，聽說經常潛入各地的黑暗角落，所以很清楚各種情報。

……看來他們已經掌握到我們想知道的情報了。

莉雅絲盯著寫在便條紙上的指定地點的地址，但只是低吟了一句「我不清楚」。

我也看了一下……那個地址距離駒王町不算太遠，但我也沒去過。這裡是哪裡啊？

羅絲薇瑟也看了一下便條紙，然後驚呼了一聲，舉起手來。

「……我記得我陪奧丁大人去過那間酒吧。雖然那時候是阿撒塞勒老師帶我們去的……不過我大概知道在哪裡。」

對那個地點有印象的是個出乎意料的人物。

隔天晚上——

我和莉雅絲，還有經紀人蕾維兒和負責帶路的羅絲薇瑟，四個人前往幾瀨先生指定的地點。至於朱乃學姊他們則是受莉雅絲的吩咐，去追查小貓被盯上的理由。

前往指定地點的移動方式是由羅絲薇瑟開車。

那個地點位於從駒王町搭電車兩站的地方，是一間開在車站附近商圈角落的酒吧。

因為要在晚上來這種地方，穿學校制服會有問題，所以我們是穿便服來到這裡。不過，未成年者在這種地方出入也已經很有問題了就是。

要是被警察發現的話應該會很麻煩吧。

外面的落地式招牌上，寫著「黑狗」兩個字。

羅絲薇瑟也表示「沒錯沒錯，就是這裡的二樓」，似乎已經完全想起來了。

我們從擺放招牌的地方走上樓梯來到二樓。一樓似乎是餐廳。

打開摩登風格的店門之後——

「————♪」

能夠瞬間擄獲人心的美妙歌聲，在店內繚繞。

仔細一看，設置在最裡面的舞台上，一名身穿白色洋裝，一頭金髮的超級美女正展現著美妙的歌喉。

所有客人也都不再聊天，專心聽著歌。

……那首歌聽起來像是外國的民謠，我沒有聽過。

不過，那位美女我倒是見過！因為邪龍戰役的時候，我在挑戰666之前見過她！她就是瓦利唯一不敢忤逆的拉維妮雅．蕾妮小姐！

不過，話說回來……她真的很美，美到讓人不禁看得出神。

莉雅絲在我身旁乾咳了一下，同時揪住我的耳朵。

「在那邊。」

痛痛痛！莉雅絲生氣了嗎？看來我盯著拉維妮雅看到出神讓她不太高興！對不起！我還是對美女超級沒有抵抗力！

莉雅絲面對的是吧檯座位區。吧檯後面站了一位年輕的酒保。

——是幾瀨先生！

一確認這件事，我們四個人便在吧檯邊空著的座位上並肩坐下。

幾瀨先生一邊端水杯給我們一邊說：

「歌聲很美吧？她可是我們的鎮店之寶呢。」

鎮店之寶拉妮維雅小姐！哎呀——如果這裡不是大人才能來的店，我還真想每天都來光顧呢！

不對，我是有事情要問幾瀨先生。

「──幾瀨先生，你的打扮……」

「喔喔，我在這裡當酒保。然後，她──拉維妮雅是這裡的駐唱歌手。」

幾瀨先生是酒保！我知道這裡的產權是歸神子監視者所有沒錯，這樣啊，幾瀨先生都是大人了，所以已經在工作了是吧。

話說回來，酒保這個職業還真是帥氣呢！站在吧檯後面搖雞尾酒的是個型男，害我覺得這樣的場景有點賞心悅目。

「歡迎光臨，兵藤家的各位──歡迎來到『黑狗』酒吧。各位應該還不能喝酒，所以我隨便幫你們準備點果汁吧。你們想喝什麼？」

既然他都這麼問了，我便回答了「芒果汁」。

於是莉雅絲她們也跟著開口：

「我要蘋果汁。」

「一樣。」

「那我也一樣。」

她們好像想喝蘋果汁。

幾瀨先生迅速準備好果汁，放在吧檯上。

「謝謝。」

我們一接過飲料，幾瀨先生便開口說：

「我聽說了，羅絲薇瑟小姐之前也來過這裡是吧。」

「是啊，我是陪奧丁大人來的。不過，那時候你和拉維妮雅・蕾妮不在店裡。」

「那時候我們出動去辨別的事情了。」

他們也不是每天都在這裡啊。不過以本業為重的話，這也是理所當然。

「你在這裡工作啊？」

我這麼一問，幾瀨先生便一邊準備自己要喝的果菜汁一邊回答：

「晚上是。白天我是大學生。我好歹也才二十二歲。」

原來是學生啊！也、也是，二十二歲的話還是大學生。那這裡算是打工嘍。打工的工作是酒保，還真厲害。

「經營也是你負責嗎？」

莉雅絲這麼問。

幾瀨先生喝了一口果菜汁之後回答：

「不，經營者是阿撒塞勒先生。不過他現在不在這裡，所以由代理幹部代替他出面。」

所以這裡是阿撒塞勒老師的物業嘍。包括提供給我們使用的補習班在內，那個人……或者該說神子監視者持有的不動產也太多了吧……或許非人者持有的土地其實意外的多，只是我們不知道罷了。

——這時，掌聲響起。我轉過頭去，看來是拉維妮雅小姐唱完歌了。

幾瀨先生又這麼說：

「雖然只有一次，但瓦利也有來過這裡。不過，他是趁拉維妮雅不在的時候來的。」

是喔，那個傢伙也來過啊。不過，那傢伙就那麼不想見拉維妮雅小姐嗎，真的很不會和女生相處耶……而且他一直拒絕黑歌的誘惑，結果黑歌就把目標改成我了。不、不過，這樣應該算是我賺到，色色的場景也多了不少，我倒是該感謝他就是了。

可是，居然一直拒絕那種美女，那個傢伙真是的——

正當我想到這裡的時候，背後忽然響起一道聲音：

「就是說啊，小瓦好過分喔。」

「哇！什麼時候來的……」

我轉過頭去，看見一個美女站在那裡——是拉維妮雅小姐。

拉維妮雅小姐行了個禮，向我們打招呼：

「我也該正式向各位打聲招呼了。我是拉維妮雅．蕾妮，是『灰色魔術師（Grau Zauberer）』旗下的魔法師。」

同時，也是神滅具之一「永遠的冰姬（absolute demise）」的持有者，是個能力強大的魔法師。

我也害羞地回應了她：

「彼此彼此，我今後才要請妳多多指教。我聽說過妳的事情，在和666交戰之前也見過一次面。」

聽了我這番話，拉維妮雅小姐說了一聲「是啊」，對我嫣然一笑。

面對這樣一個散發出軟萌氛圍的大姊姊，我也笑了開來！而且從洋裝胸口隱約可見的乳房也相當可觀！

瓦利——！你真的是尻派嗎！如果是真的，你都看過這個人的胸部了，怎麼還會愛上臀部啊！應該說，我也想好好追問那個傢伙是否真的是尻派……

「「「…………」」」

因為我對拉維妮雅小姐露出色瞇瞇的表情，莉雅絲、羅絲薇瑟、蕾維兒她們幾個女生看著我的眼神變得非常恐怖！

拉維妮雅在我身邊坐下之後，在吧檯上展開小型的轉移魔法陣，變出一樣東西。

「——我想請你看一下這個。」

拉維妮雅小姐拿出來的——是一本筆記本。

拉維妮雅小姐一拿出筆記，便攤了開來要我看。

……這就是幾瀨先生他們要告訴我們的事情嗎？

「這是……？」

我拿起筆記本，看了一下封面。上面用英語寫著「Vali Lucifer」。是筆記本持有者的名字……等等，這是瓦利的東西嗎！為什麼瓦利的筆記本會在這裡！我看向拉維妮雅小姐，她也只是一臉笑咪咪的。

無可奈何的我只好隨手翻了翻筆記本，結果在裡面找到這樣的文句。

．「我對自己生在這個時代感到遺憾。沒有神的世界。我原本想打倒神的。」

．「世界上如果沒有強者我就只有一死了。那種無聊的世界我沒有興趣。」

．「我是已故的前任魔王路西法的血統繼承者。不過，我是身為舊魔王之孫的父親和人類母親所生的混血兒——能夠得到『白龍』(Vanishing Dragon)的神器(sacred gear)也是因為我有一半是人類。真正繼承路西法的血脈，又是『白龍』的我誕生了。」

．「如果真有所謂的命運、奇蹟，大概就是在說我吧。」

……裡面好像混著我在哪裡聽過的台詞耶。等等，這不是那個傢伙第一次和我交戰的時候說過的台詞嗎……？

「……這、這是什麼啊？」

我這麼問向拉維妮雅小姐，她便驕傲地表示：

「——這是小瓦四年前寫的設定資料集。因為寫得實在太棒了，我一直想在有朝一日必定會出現的小瓦終生的宿敵現身之後給那個人看。他在四年前寫了很多帥氣的台詞，而且每天晚上都在練習。」

——瓦利的設定資料集。

…………這、這是那個傢伙在四年前寫的設定資料集嗎！他、他寫了一大堆這種中二病風格的台詞嗎！而且，這、這些他都用上了對吧！因為這些台詞我都聽過！

面對這個狀況，幾瀨先生也抬起手來摀著臉，一副不知道該說什麼的樣子。

「……瓦利翻天覆地也急著想要找出來的筆記本……拉維妮雅，原來在妳手上啊。而且還挑這個時機拿出來……」

「這才是唯一的時機。」

瓦利在找這個東西啊。那也難怪，這麼丟臉的筆記本，怎麼想都是黑歷史吧！然而諷刺的是，他在找的那本筆記本，卻落在他不願面對的女人手上，還真是兩難啊。

那個傢伙知道這件事的時候會是什麼反應，我非常好奇。

「……總覺得，列在上面的台詞我好像聽過。」

我硬是堆出笑容，如此回答，結果拉維妮雅小姐露出滿足的笑容，像是聽見自己的弟弟獲得稱讚似的。

「那就好。我想那是小瓦為了在有朝一日必定會出現的宿敵面前說出帥氣的台詞才準備的，所以他應該很滿足才對。」

拉維妮雅原地蹦了一下，或許是因為這樣，她胸口的渾圓隨著那股力道沉沉搖晃！

唔！好大的胸部啊！我實在很想拜見一下……！

我投以色瞇瞇的視線。就在這個時候，忽然有人在入口那邊對我說話：

「冰姬可是幾瀨鳶雄和瓦利心目中的公主。小心吃不完兜著走喔，赤龍帝。」

仔細一看——是曹操！

「曹操！你怎麼會在這裡？」

再怎麼說，這個男人會出現也太出乎意料了，我不禁原地站了起來！

而曹操一副滿不在乎地在吧檯旁的空位上坐下。幾瀨先生對於曹操現身也並不驚訝。

幾瀨先生一邊準備玻璃杯一邊說：

「我們偶爾會在這裡和他交換情報。畢竟我們彼此都是組織的特工嘛。」

「就是這麼回事——熱牛奶。」

曹操點了飲料……熱牛奶啊。沒想到他會點這麼可愛的飲料。

我對曹操說：

莉雅絲她們，我的夥伴們臉上也一樣充滿了困惑。

莉雅絲摸著下巴說：

「……死神曾經在案發現場附近行動，就表示那些惡魔是黑帝斯派出來的嘍？」

聽了莉雅絲的問題，幾瀨先生點頭以對。

「嗯，我想死神應該多半都是遵照祂的旨意在行動。只是，也有一些無法理解的部分。開始有像昨天襲擊你們的時候一樣大膽留下痕跡的死神出現了。」

多半都是遵照祂的旨意……也有大膽留下痕跡的死神……？換句話說——

「昨天襲擊小貓的死神，和現在頻繁出現的神祕惡魔有點不太一樣是嗎？」

幾瀨先生點頭回答了我的疑問。

「動手的不是惡魔而是死神，這還是頭一遭。而且盯上塔城小貓小姐的理由，也引發了多方揣測。不過，引發事件的那些惡魔，還有攻擊你們的死神，兩者背後都和冥府的那些人有關，這肯定錯不了。至少有兩股以上來自冥界的意志在影響各勢力——我想應該可以如此判斷吧。」

……也就是說，黑帝斯……那位骷髏神終於開始有動作了啊。畢竟大家都說李澤維姆死後，最危險的就是黑帝斯了。

託了大會的福，濕婆神和帝釋天的注意力都轉向那邊去了，我想，現在最需要擔心的應該就是冥府的動向了吧。

曹操聳了聳肩。

「須彌山(我們)這邊因為帝釋天(老闆)的全副精神都放在濕婆神身上，至少在這次大會結束之前應該不會動手吧。」

在吹涼熱牛奶的同時，曹操繼續說了下去：

「我不知道今後會以多快的頻率舉行大會，不過與其怒目相視，策畫戰爭，平白浪費時間，不如每次都參加大會，藉此與濕婆神一戰還比較快。既然祂都這麼覺得了，應該不會動什麼歪腦筋才對。而且，這樣還可以得到在官方場合和濕婆神以外的其他勢力諸神交戰的機會，天帝肯定樂此不疲吧。」

「不僅如此，祂反而還下令要排除妨礙這次大會的因素呢。」

聽幾瀨先生這麼說，曹操揚起嘴角。

「是啊，我們也接到了類似的指示。所以，做出危險舉動的人，我們全都會調查清楚。即使對方是死神也一樣。」

曹操喝光熱牛奶之後，將飲料錢放在吧檯上，直接就站了起來。

「我這邊也會針對神祕惡魔和死神的關聯性進行調查。發現了什麼再告訴你們。」

說完，曹操走向店門，卻又忽然站定，轉頭問我：

「對了，兵藤一誠，我有件事情想問你。莉雅絲．吉蒙里和瓦利，你認為哪一邊的隊伍會贏？」

——！這個傢伙……居然當著莉雅絲的面問我對即將舉行的比賽有什麼見解。

不過，我的見解早就決定了，所以我毫不猶豫地回答：

「我不知道會是誰輸誰贏，不過我當然是幫莉雅絲加油。但我也無法想像瓦利會輸。」

這是我最誠實的感想。幫莉雅絲加油是理所當然的。不過，瓦利他們很強也是事實。之所以無法想像瓦利會輸，大概是因為我對那個傢伙懷有強烈的命中注定的宿敵意識吧。

聽了我的回答，曹操點頭表示「原來如此」。

一旁的拉維妮雅小姐輕聲表示：

「我……唯有這次我要幫小瓦加油，對不起。」

對於她低調的意見，我和莉雅絲都表示「沒關係沒關係」，以免她做了不必要的顧慮。

明明是這麼溫柔的一個大姊姊，瓦利那傢伙為什麼不肯見她啊？

……他該不會是害羞吧？

目送曹操離開店裡之後，在場的成員說好日後得到情報要再互相聯絡，這天便就此解散了。

話說回來，原本只是在探查盯上小貓的死神的情報，結果感覺好像會冒出非常不得了的幕後黑手呢……

不過，既然我們是反恐小組的一分子，事到如今也沒什麼好大驚小怪的了。

原本沉浸在大會之中的我們，重拾睽違已久的「D×D」身分，感覺到有些緊張。

—○●○—

儘管莉雅絲隊和瓦利隊的對戰之日逐漸逼近，我、莉雅絲、朱乃學姊、蕾維兒、蒼那學姊、真羅學姊等六個人，為了針對死神盯上小貓的理由分享情報，聚集在兵藤家的貴賓室。

我們將幾瀨先生和曹操告訴我們的情報傳達給西迪方面之後，蒼那學姊針對小貓表示了意見。

「看來最快的方法就是探查小貓小姐的過去了。」

「必須查出詢問黑歌小姐也問不出來的細節——您的意思是這樣嗎？」

蕾維兒這麼表示，蒼那學姊點頭以對。

也對，想針對過去的事情詢問黑歌也不是問不到，但蒼那學姊的言下之意應該是必須調查到更為詳細的情報吧。

「妳找到探查過去的方法了是吧？」

莉雅絲似乎想通了什麼，這麼問蒼那學姊。

「……雖然不是直接探查的方法，不過有妖怪能夠映照出和當事人有關的人。」

然後得到了這樣的答案。

有妖怪可以探查過去啊！我還是第一次聽說。

然而，莉雅絲好像也知道這件事，說出了一個名字。

「——莫非是照魔鏡？就是鏡子的妖怪。」

對此，真羅學姊如此回應。

「是的，照魔鏡一族當中，有種能夠映照出和鏡中人有關的人的妖怪，名叫雲外鏡。雖然有諸多必要的限制，但只要符合條件，無論對方是生是死都可以映照出對方的身影，還能夠和對方交談。我們想使用那種能力，嘗試呼喚比黑歌小姐還要清楚小貓小姐的過去……對那對貓又姊妹的過去知之甚詳的近親。」

原、原來存在著擁有那種能力的鏡子妖怪啊。能夠和死者對話也太厲害了吧。

也對，非人者的世界如此廣大，存在著擁有各種能力的妖怪也不足為奇，不過西迪眷屬還真的有很多各式各樣的門路呢。或許是因為眷屬當中有許多出身自日本的掌管異能的家族，所以在那方面也很強吧。

蒼那學姊如此補充說明：

「但是，當代的雲外鏡已經在『禍之團』的恐怖攻擊當中身亡，聽說交棒給繼承人的程序不太順利。」

真的假的！「禍之團」的恐怖攻擊甚至波及到那種地方了嗎……那些傢伙真的在各勢力都造成傷亡呢。

真羅學姊說：

「西迪眷屬透過自己的管道和當代接觸，原本已經建立起良好的關係了……但由於他已經過世，造成了相當大的影響。由於能力相當特殊，限制也相當嚴格。尤其是在當代的雲外鏡過世之後，藉助其力量者就會失去當時的記憶。此外，就連聽聞過當時的內容的第三者也會失去記憶。」

這樣啊這樣啊，就連藉助其力量的人也會失去記憶啊。換句話說，即使見過出現在鏡子裡的關係人，和對方說過話，若是鏡子妖怪本人死掉了，藉助其力量的人的相關記憶也會完全消失嘍。而且聽過內容的人也會失去記憶。

等等，既然那個什麼雲外鏡死掉了，不就沒辦法探查小貓的過去了嗎？

不過，蒼那學姊如此補充：

「但是，我也聽說只要能找出下一個雲外鏡，能力便將正式繼承下去，之前請他看過的人們也會恢復記憶。」

喔喔，什麼嘛！原來有解決方法啊！

既然如此，應該是越快開始行動越好吧。話雖如此，要行動也得依循情報慢慢追查才行，我們的比賽又快要到了……

對此，蕾維兒用力點頭，態度看起來非常積極。

「就先找到雲外鏡吧。我也會試著利用菲尼克斯家的情報網找找看！」

所有人的視線都集中到幹勁十足的蕾維兒身上。

蕾維兒儘管顯得害臊，卻還是鼓起勇氣說了：

「……我想助小貓同學一臂之力。因為我們是朋友……」

我們看到的不是最近勇猛克敵的蕾維兒，而是一個為友情而熱血沸騰的年輕女孩。

不過，蕾維兒的意見也非常切合實際，大家也都點頭贊同她的意見。

「我也會問問看姬島家的宗主大人。」

朱乃學姊也這麼說。對於日本的異能、非人者知之甚詳的五大宗家的網絡應該相當夠力吧。

我們也決定透過各自的情報網探查，並且請求幾瀨先生的隊伍和神子監視者提供協助。

「班妮雅，妳在嗎？」

蒼那學姊如此呼喚，於是學姊的身邊展開了一個魔法陣，接著班妮雅便從中跳了出來。

她的登場方式還是如此獨特。

『我在啊，蒼那主人。』

「班妮雅還是照舊，繼續協助莉雅絲和一誠他們。妳熟知死神還能夠感應到其波長，他們需要妳的力量。」

『遵命。』

「有事我們會聯絡妳。」

蒼那學姊和真羅學姊統一了意見之後，便將班妮雅留在兵藤家，先行離開。

我……陷入了沉思。

雖然小貓和黑歌不在現場，不過我和莉雅絲決定，至少不要做出對小貓造成負擔的事。

小貓她……過去經歷了很難熬的事情。雖然她已經逐漸克服了，但要是喚醒那個時候的記憶，可能會讓她的精神再次崩潰。

她非常重視這次國際大會，而且還等著在下一場比賽和姊姊一戰。

要是再讓她負擔多餘的操心，難保她不會連身體狀況都崩潰。

莉雅絲說：

「小貓雖然變強了，卻還是有脆弱之處。她現在抱持著試圖克服一切艱難的氣概，但要是讓她面對超乎想像的艱鉅現實而毀於一旦，這次可能真的會一蹶不振……」

莉雅絲非常擔心。她很想謹慎行事。對於收留小貓，也一直為她進行心理復健的莉雅絲而言，這次的事件讓她非常忐忑不安。正因為如此，她至今還沒讓小貓參加探查行動。

關於小貓，我以前曾經和莉雅絲有過這樣的對話。

『一誠，黑歌原本的主人是哪裡的上級惡魔，我應該告訴過你吧？』

『是原本的七十二柱之一，納貝流士家對吧？妳說那裡分家的惡魔把黑歌和小貓撿了回去。』

關於小貓和黑歌的過去，在某種程度上我聽莉雅絲提過。主要是黑歌在眷屬惡魔時代的事情。

我也聽黑歌提過，她的前主人為了提升眷屬的能力而進行過當的強化，甚至把自己的親友、血親也當成了目標。主人要求血親也成為強化的對象，讓她感到非常害怕。

然後，主人的興趣轉向身為貓魈的黑歌的妹妹——準備將魔爪伸向小貓，因此黑歌便殺了主人。

莉雅絲繼續說了下去。

『是的，沒錯。據說他是個熱衷於研究的貴族。只是研究的方向不太對。他忽視本家的意思，持續進行可疑的實驗。還有另外一個問題。這件事，是黑歌開始和我們一起住在這裡之後，兄長大人透過葛瑞菲雅告訴我的——』

據莉雅絲表示，黑歌前主人的研究資料似乎已經被別人接收了，在魔王的衛兵們抵達那個人的家裡時，實驗的痕跡已經幾乎一點也不剩。

據說是毀於一場光聽就很可疑的爆炸當中，令人無法接受。

這引起冥界的高層對於黑歌前主人的實驗的廣泛揣測，結果更造成了黑歌和小貓的危險性被提升到最高。

莉雅絲說：

『我曾經隨口問過黑歌，她的主人好像也沒讓她知道實驗的主題。不過，實驗本身並不正常倒是沒錯。』

『也就是說，在得知實驗的目的之前，黑歌就已經為了保護小貓而將主人……』

聽我這麼說，莉雅絲嘆了口氣之後承認了。

『知道主人要將魔爪伸向妹妹，站在黑歌的立場已經無法繼續坐視不管了吧。當然，其中大概也夾帶了私人恩怨就是了。』

黑歌的私人情緒——憤怒因此過度爆發，將前主人身邊的一切破壞殆盡，更讓見識到貓又之力的小貓大受打擊是吧。

小貓和黑歌一起度過的納貝流士分家時代……危險的陰影在其中隱約可見——

小貓的事情，還有在各勢力頻傳的神祕惡魔的暴動固然令人擔心，但時間不等人。

我們「燚誠之赤龍帝」隊和莉雅絲的隊伍，決定進行聯合練習。

地點不是赤龍帝用的訓練空間，而是吉蒙里眷屬專用，令人懷念的訓練空間。要說懷念，其實直到最近我也還在用就是了。

莉雅絲她們不久之後就要和瓦利隊交戰，因此我們負責擔任模擬戰的對手。

班妮雅姑且也陪我們過來了。一方面是因為不知道會發生什麼事，另一方面是為了遵守蒼那學姊的命令，此外，這次的狀況和死神有關，似乎也讓她產生了個人的堅持。

在這樣的狀態下，練習開始了。

「喂，我要上了喔，凜特！」

「啊哇哇，夸塔學姊也太衝動了吧。」

我首先注意到的，是潔諾薇亞和凜特的特訓情景。

潔諾薇亞揮舞著杜蘭朵和王者之劍，而凜特輕盈地閃躲她的劍，同時以紫炎形成的劍應戰。

神聖波動與劇烈的紫炎在空中碰撞，引發一次又一次的爆炸。

光是看凜特能夠跟上潔諾薇亞的操練，我就知道她的實力相當高強了。不過，我也在紀錄影片中看過莉雅絲隊遊戲時的表現，凜特的戰鬥方式相當踏實，不曾遭到淘汰，是一名極為優秀的女戰士。

另一方面，小貓和蕾維兒也認真進行訓練。

「我要出招了，小貓同學！」

「嗯，來吧！」

蕾維兒從自己的火焰翅膀上發射出強烈的火焰彈，小貓便化為白音模式，施展出以白色火焰形成的無數火輪抵銷掉。

小貓對於練習相當熱衷。看來，她無論如何都想贏過身為姊姊的黑歌。蕾維兒也回應她的意念，真摯地面對小貓的練習，陪她練到最後直到精疲力盡為止。

而且不只是這次，只要小貓拜託她，她每次都是這樣。

蕾維兒和小貓是同學又是朋友，小貓大概也覺得拜託她、依賴她的時候比較好開口吧。我也覺得有些事情只能拜託同輩。蕾維兒也完全明白這點，才會正面接受朋友的請託。

……蕾維兒在思考我們的隊伍的事情時，思緒或許有時會走上霸道，但我覺得，她在面對自己的朋友小貓的時候——總是以完全符合王道的心情在處理。

「小貓同學，妳的尾巴有一點焦痕耶。」

「……誰教妳發射火焰總是不會手下留情。」

「要是手下留情妳又會生氣，我也很拚命好嗎？」

「唔……要是尾巴和耳朵留下焦痕，上場比賽的時候會很丟臉。」

「呵呵呵呵，等一下我再幫妳梳理就是了。」

和小貓一起歡笑的時候，她不是在我們面前表現得極為堅強的那個蕾維兒，而是一個笑得活潑又快活的年輕女孩。

……作為我的經紀人，我希望她隨時待在我身邊的心情非常強烈，但是要讓她真正有所成長，還是應該讓她多和她的朋友小貓接觸比較好。

所以，我想增加更多像這樣彼此接觸的機會。

我接著關注的——是金色的人型龍，和巨大的黑暗野獸之間的戰鬥。化身為龍鬼人的百鬼，和化身為巴羅爾的加斯帕，同年級的男生之間展開了壯烈的肉搏戰。

百鬼以帶有鬥氣的拳頭打在加斯帕身上，但也遭到對方以帶有黑暗的拳頭攻擊，大幅後仰。

百鬼吶喊：

「可惡！我原本就知道你應該很強……不過你很行嘛，弗拉迪！」

百鬼射出無數由氣焰和鬥氣混合而成的球體。

加斯帕用手將波動彈一顆一顆彈開，同時拉近距離。

『……我才要說呢，你真的是普通人類嗎？居然跟得上一誠學長親自傳授給我的肉搏戰！』

百鬼在地面上自由自在地高速奔馳，施展出豪邁的攻擊！加斯帕從影子裡製造出無數的黑暗野獸。百鬼以拳打腳踢踹飛、揍飛那些野獸，又從懷裡拿出大量的符咒並詠唱咒文，讓牠們回歸虛無。

「我是人類。只是略懂一點術法罷了！」

兩人在小試身手的攻擊之後，必定會進入近距離肉搏戰！

雙方在瞪視彼此的同時依然露出無畏的笑容。

「……我可不想輸給同年級的男生。而且還是在兵藤學長面前。」

『彼此彼此，我也不能在一誠學長和莉雅絲姊姊面前表現得太窩囊。』

就像這樣，明明是練習，他們兩個同年級男生卻不斷認真戰鬥得很開心的樣子。

這時，莉雅絲站到看顧著隊員的聯合特訓的我身旁。

「看來他們兩個會是很好的競爭對手呢。」

她是指加斯帕和百鬼吧。

「嗯。果然，同世代的男人就是會成為輸不得的對象。」

我如此回答。果然，男人就是會意識到同年代的男人。正當我這麼想的時候，和我同世代的男生——木場朝我走了過來，對我這麼說：

「你吃過便當了吧？我也差不多想和你來場模擬戰了。都這麼久沒打了，可以吧？」

正如木場所說，我已經吃過女生和木場在練習之前準備好帶來的便當了。今天吃的是朱乃學姊親手做的「海苔便當」，還有木場親手做的「造型便當」。

木場做的是仿照「穿上鎧甲的我的臉」的造型便當……做得和我一模一樣，但是我的心情相當複雜！不，朱乃學姊的便當和木場的便當都很好吃就是了！

轉換了一下心情，我向前站出一步，一邊伸展身體一邊對木場說：

「說的也是，來場久違的——」

就在我說到這裡的時候。

訓練空間的空中忽然出現了扭曲現象！空中的部分空間扭曲了！

『——！』

我們瞬間停止練習，對於突然發生的狀況大驚失色。

對此，班妮雅站了起來，露出可怕的表情。

『果然來了啊。』

就在她這麼說的同時，扭曲變得更大，終於產生了龜裂，接著龜裂更橫向擴張，在空中開了一個洞！

從洞裡面現身的，是手持大鐮刀的死神大軍！

就連這個在特殊領域以及防禦障蔽保護之下的訓練空間都遭到襲擊，即使是莉雅絲也不禁驚訝地大喊：

「怎、怎麼會！他們居然連這個領域都能夠襲擊嗎！」

死神們從空中開的那個洞裡面不斷出現，飛到我們周遭包圍我們！約莫百名的死神在我們身邊圍成一圈！

大家都保持警戒，進入攻擊態勢嚴陣以待！對方顯然是帶著敵意和殺意站在這裡，所以免不了一戰！

「一誠！要是他們敢發動攻擊，我們就二話不說地解決他們！光是未經許可侵入這裡，就已經罪該萬死了！」

「那當然了！」

我也完全同意莉雅絲的意見，瞬間穿上鎧甲！我不知道這些傢伙是怎麼進入駒王町和這裡的，但是既然帶著敵意站在這裡，我就沒有不揍飛他們的道理。

而且，那傢伙居然還敢注視著小貓！

身穿裝飾講究的長袍，看似領隊的死神指著小貓說：

『把貓交給我們。』

「你們抓走小貓想怎樣？」

我這麼問。

『與你們無關。不過，或許你們有一天會知道吧。』

對於那些傢伙旁若無人的發言，就連莉雅絲也火冒三丈。光是盯上她最寶貝的可愛小貓，對她而言就已經是「罪該萬死」的行為了。

當然，對我而言也一樣！

莉雅絲身上冒出紅色的氣焰，帶著可怕的表情說：

「理由……你們應該不肯說吧？正因為如此，在消滅你們之前我要先問一件事——這是黑帝斯的意思嗎？」

出乎意料的，死神的領隊回答了這個問題。

『我奉命要回答這個問題——答案是否定的，這是最上級死神塔納托斯大人的命令，並非黑帝斯大人的旨意。』

——！這番發言讓所有人為之驚訝，同時也露出困惑的表情。

不是黑帝斯的意思？

「…………？塔納托斯？不是黑帝斯……」

對此，莉雅絲也一臉狐疑地挑眉。

……這或許是他們的謊言，但幾瀨先生也委婉暗示過這個可能性。冥府的意志，可能不只一個──

換句話說，真如這些傢伙所說，盯上小貓的不是黑帝斯，而是那個名叫塔納托斯的最上級死神嗎？

班妮雅說：

『塔納托斯大人在最上級死神當中也是出了名的最強級人物。畢竟，在冥府當中祂也是最資深的要人之一。』

那麼強的最上級死神不遵循冥府之主黑帝斯的旨意而擅自行動，究竟有什麼意圖？

我們心中有數不盡的疑問，但是對手可不會等我們。

『只要搶到貓就可以了！動手！』

死神領隊一聲令下，死神大軍便同時攻向我們！

「可惡！」

我一邊咒罵，一邊揍飛一名死神！

這些傢伙的鐮刀，是會砍傷靈魂的武器！比物理攻擊還要可怕！

我們一邊提防，一邊一個又一個地揍飛他們！

『唔！果然……很、很強！』

面對我們不為所動地確實打倒他們的戰法，死神大軍也不知所措。

領隊級的死神怒吼：

『夠了！我們要的是貓！鎖定那隻貓！』

他居然命令所有死神把全副精神都放在小貓身上！

既然如此，我們要做的事情也很簡單！我們圍著小貓採取守勢，等著死神們蜂擁而上，然而——

「唰咻！」——隨著一個豪邁地制伏敵人的斬擊聲，一道極大的柱狀神聖氣焰沖天直上。

仔細一看——那個死神領隊，被一把散發出神聖波動的長劍砍成兩半。

在死神領隊雲淡風輕地逐漸消散之際，隨之現身的——是扛著一把散發出神聖氣焰的劍的瓦斯科．史特拉達大人！

「喔喔，不得了不得了……」

一看見這個狀況，他便露出無畏的笑容。一劍便葬送了死神領隊，此等實力只能說是寶刀未老了。而且，他手上還握著一把形狀和氣焰都很像杜蘭朵的聖劍。

我聽說他和克隆．庫瓦赫一樣，今天的特訓會晚點到，這下終於登場了！

——這時，輪到死神大軍被豪邁地橫掃而過的某種東西一掃而空。

出現在那裡的是右臂化為巨大龍臂的克隆．庫瓦赫。他大概是用那條巨大的手臂掃蕩了死神大軍吧。

「……怎麼，今天的練習是打倒死神嗎？好吧，這樣也還不壞。」

聽他這麼說應該是誤會了！

失去領隊，史特拉達大人和克隆．庫瓦赫又已經來到現場，讓那些死神也解除了攻擊態勢，開始一點一點後退。

『撤退！』

在如此大喊的同時，他們立刻朝開在空中的洞裡飛去！

「慢著！」

「不准走！」

潔諾薇亞和伊莉娜展開翅膀準備追上去，但莉雅絲表示「妳們等一下！」制止了她們。

在死神全數撤退之後，莉雅絲先嘆了口氣才開口說：

「……現在完全掌握到覬覦小貓的人是誰了。這是一大收獲。接下來就只要查清楚理由了——班妮雅。」

莉雅絲叫了班妮雅。

「可以用妳的管道嗎？我聽蒼那說，妳有一條只能用一次的線路可以和冥府聯繫。」

聽她這麼說，班妮雅用力點頭。

『我知道了。這次的事件真的讓我的忍耐到達極限了。雖然沒辦法用太多次，不過我就開通那條緊急用的線路吧。』

於是，我們決定使用班妮雅的管道，直接和冥府聯絡了。

Life.3 兩隻貓的真相，乃至比賽開始

從訓練空間回來的我們。和吉蒙里家以及冥界政府討論完修復及改善那個空間的事宜，還有要調查事項之後，我們回到了兵藤家。

由於身邊接連遭到入侵，事態已經演變到必須在兵藤家周圍張設好幾層堅固的結界，並且借用三大勢力的兵力當護衛了。

為了不被一般人發現，我們請充當警衛的惡魔和天使們使用讓人類感應不到的術法，在庭院裡和家門前面待命。

為了避免我家老爸老媽遭受襲擊，在他們外出的時候護衛也會隱身保護他們。

這是在對抗邪惡之樹一戰之後，最高等級的警戒態勢。

特別是護衛庭院的工作，是由不久之前開始和我們「燚誠之赤龍帝」隊討論今後關係的羅伊根·貝爾芬格小姐的眷屬負責。

不過，潔諾薇亞也說過，就算最糟糕的狀況發生，敵人攻進了這個家，但只要對方不是最強級的神，應該也不會有太大的危險。

因為，我們家有奧菲斯和莉莉絲在。畢竟有本事和龍神姊妹正面一戰的神祇也沒那麼多吧。

但即使最後一道防線極為堅強，目前為止都被入侵這麼多次了，會加強警戒也是理所當然。

真是的，各結界的情報到底是從哪裡洩漏出去的啊！

在這樣的狀況之下，我們在貴賓室集合，準備和冥府連線。

雖然我們有事沒事就在貴賓室集合，不過這裡原本應該是像這樣用來會談的房間才對。

班妮雅在桌子上張開專用的聯絡用魔法陣，和聯絡人來回交涉了數次之後，才連接到真正的聯絡人那邊去。

魔法陣上浮現出對方的長相。

投影出來的——是一個臉孔像是比班妮雅的再豪華一些的骷髏面具，看起來相當有威嚴的死神。

那位感覺位高權重的死神臉上沒有任何表情，只是出聲表示：

『儘管是透過阿波羅轉接，能夠連線到我這邊來也很驚人呢……有何要事？』

在謙和有禮的語氣當中依然能夠讓人感覺到祂的派頭，真不愧是最上級死神之一——奧迦斯。

這時，有人在投影出來的奧迦斯的正面露了臉，是班妮雅。

『好久不見了，爸爸大人。』

——爸爸大人。

……好令人意外的稱呼啊！我在心中如此吐嘈，至於被這麼叫的那位則是因為自己的女兒突然現身，依然面無表情地僵住了。

『…………………』

瞬間的寂靜——

接著，班妮雅的父親原本充滿威嚴的嗓音為之一變，以驚慌失措的語氣這麼說！

『小、小班妮雅，沒想到妳居然會主動聯絡我……』

——小班妮雅！

……加個「小」是吧～～！這個我也沒料到呢！

現在知道祂有多溺愛女兒，害我完全感覺不到祂有任何一點威嚴了！我原本以為死神全部都是危險又冷酷的傢伙……原來還是各有不同啊。

班妮雅直接問道：

『爸爸大人，我有個問題——我們受到塔納托斯神的襲擊了，不知道你有沒有什麼頭緒呢？』

『──！』

對此，奧迦斯似乎也感到驚訝，稍微沉思了一下。

『……塔納托斯是吧。嗯，原來如此。』

奧迦斯看向班妮雅身邊的我們。

『各位是「D×D」的成員對吧？小女似乎承蒙各位照顧了。姑且先不論這件事……好吧。難得有這個機會，我稍微告訴你們一些事情好了。』

奧迦斯開始侃侃而談。

『塔納托斯簡而言之是屬於武鬥派的死神幹部。過去祂也經常採取超乎黑帝斯大人旨意的行動，祂和黑帝斯大人並非在所有事務上都完全同步。』

喔喔，祂就這樣用一般的語氣說起話來了耶！或許班妮雅也起了點作用，不過有死神能這樣冷靜地說話害我有點感動。

莉雅絲問：

「奧迦斯大人，身為最上級死神的您，對於塔納托斯的動向也不是非常很清楚嗎？」

『最上級死神──換言之就是冥府的幹部，我們各有各的管區，無法隨便擅離職守。有些事情即使知道，礙於立場也無法明說。』

對此，潔諾薇亞聳了聳肩，冷眼表示。

「說是這麼說，『魔獸騷動』的時候普路托不就襲擊我們了嗎？」

奧迦斯答道：

『我聽了是很過意不去，不過冥府也不是一個固若磐石的整體。有的派閥對於黑帝斯大人的旨意會照單全收並且執行，也有會謹慎觀望動向再做出判斷的穩健派。我不知道你們會不會相信，不過我屬於後者。畢竟，我們是奧林帕斯當中掌管死亡的神祇團隊。故意造成死亡的連鎖，將會對各種情勢造成影響。』

穩健派的奧迦斯——

也對，祂目前為止的談吐都很紳士，我也認為這是自己第一次看見正常的死神。

考慮到班妮雅的家教，或許是能料想到……畢竟我至今都沒見過正常的冥府人士嘛。

和巴力隊的那場遊戲時，第一次在阿格雷亞斯遇見黑帝斯的時候，印象也是差到極點。之後又在冥界遭受普路托派的襲擊——然後又是這次事件，我們怎麼可能會有好感。

對此，班妮雅也出言指責自己的親爸爸。

『無法阻止自己人為惡，給其他神話添麻煩……說自己是謹慎的穩健派，也只是在找藉口罷了。』

奧迦斯……並沒有多加辯解，繼續說了下去：

『……總而言之，關於塔納托斯的動向，我會不動聲色地刺探一下再通知你們。既然小女受到各位的照顧，我也應該提供這點協助。因為有冥府的政治角力，我無法明目張膽地提供強力的協助……不過我會試著和第二代普路托合作。』

這表示我們可以得到冥府方面某種程度的協助嘍。這其實是一大收獲呢。

因為祂是班妮雅的父親，我想相信祂。要是祂背叛我們，形同班妮雅會和祂完全斷絕關係，所以就相信奧迦斯這個溺愛女兒的父親好了。

不過，祂提到一件事讓我很在意。

我不動聲色地對木場耳語：

（……普路托還有第二代啊。）

普路托……第一代在魔獸騷動的時候被瓦利消滅掉了。

木場也輕聲這麼回答：

（其實每個神話都一樣，有小孩的神祇非常多喔。像班妮雅小姐不也是奧迦斯的小孩嗎。）

啊——原來如此。神明也有小孩嘛。奧丁老爺爺和宙斯也都有小孩。

班妮雅冷眼瞪著自己的父親這麼問：

『爸爸大人，黑帝斯大人該不會又在動什麼歪腦筋了吧？』

奧迦斯不偏不倚地盯著自己的女兒說：

『……小班妮雅，黑帝斯大人的想法我也無法深入了解。只是，總之要提防塔納托斯和黑帝斯大人就是了。妳也是，其他的各位也是。』

「非常感謝您的忠告，不過要是您的主人知道這番發言的話，您應該會遭受制裁吧？」

聽莉雅絲這麼說，奧迦斯依然面無表情，卻以帶著笑意的聲音如此回應：

『到時候再說嘍。不過，也正因為我們不是一個固若磐石的整體，才能設法運作到現在。我相信黑帝斯大人也很了解這一點。』

……正因為是住在冥府的死神，才有那裡專用的規則和關係吧。

我們和死神對黑帝斯的看法大概也不太一樣，而且死神當中的穩健派和武鬥派之間又會有所差異吧。

班妮雅的父親——奧迦斯願意協助我們探查塔納托斯的情報。

訓練也已經中止，接下來該怎麼辦呢……正當我們這樣想時，西迪方面聯絡了我們。

說是已經找到下一代的雲外鏡了——

—○●○—

我和莉雅絲、朱乃學姊、蕾維兒四個人，透過轉移魔法陣跳躍到蒼那學姊和真羅學姊叫我們去的地方。

目的地是位於東北地區I縣的深山當中一間老舊的神社。

附近是茂密的林木，周遭瀰漫著霧氣……霧氣更令人感覺到非人者的氣息。

我們四個走進神社的時候，蒼那學姊和真羅學姊已經在裡面等了。

中央有一面綻發出詭異光芒，巨大的橢圓形鏡子——鏡面上還長了看似眼睛和嘴巴的東西。

蒼那學姊說：

「這位是繼承了力量的當代雲外鏡。」

經過介紹之後，雲外鏡開口說了『擁有巨大力量的龍啊』，興致勃勃地看著我。

我們立刻向雲外鏡大略說明了理由，拜託他叫出知道小貓的狀況的近親。

我們沒有帶小貓來。因為我們覺得，說不定會有什麼不要讓她知道比較好的情報。

畢竟，我們是為了請雲外鏡叫出小貓已經過世的雙親，或是其中一位而前來。

然而——

『抱歉，我無法答應這個請求。』

我們得到的答案是拒絕。

對此，我們只能困惑。蒼那學姊她們聽了雲外鏡的答案也低聲表示「……果然不行啊」。

雲外鏡說：

『生者姑且不論，讓人和死者見面的祕術攸關我們一族的名聲。不能輕易使用。』

真羅學姊問：

「上一代就讓我們看了……」

『上一代是上一代。我沒有上一代那麼會處世。要是被釋迦如來或是閻魔大王盯上，我可能才剛繼承力量就要被消滅了。』

他連我也知道的佛祖大人和閻羅王的名字都搬出來了。看來要見死者果然相當困難吧。

蕾維兒說：

「妖怪和惡魔……非人者在死亡之後將進入消滅狀態，所以能否呼喚出靈魂原本就已經很難說了。」

是啊，也有這個問題。至少小貓的媽媽是貓又，所以要請這位雲外鏡叫出來也很困難。

我們原本也摸索過是否能夠靠瓦雷莉的聖杯設法處理……但因為擔心對瓦雷莉造成負面影響而放棄。

而且讓亡者復活，對於現世還是有不良影響。這件事在邪龍戰役當中已經證明得相──當清楚了。我不覺得小貓的雙親會是什麼壞蛋……不過要用瓦雷莉的心來交換的話，再怎麼說都不應該。

不知道該如何是好的我們身邊忽然冒出一個嬌小的身影。

是一隻有七條尾巴的三花貓。

我見過這隻貓！沒錯，這位就是——！

三花貓站到鏡子前面，開口說出人話：

「年輕的鏡子啊，你就答應這些孩子們的請求吧。」

雲外鏡看見那隻貓現身也感到相當意外，驚嚇不已。

『參、參曲大人……』

三花貓——名為參曲的七尾貓看向我們。

「好久不見了，龍帝小弟。」

她是貓妖怪的長老，參曲奶奶！活了八百年的大妖怪！我是在和日本的妖怪勢力締結和議時發生的事件中遇見她的。

聽說，她現在也會定期鍛鍊小貓和黑歌。她們兩個說要去山上閉關的話，多半都是要和這位參曲奶奶一起修練的意思。

不過黑歌每次都不太情願就是了！

「您怎麼會來這裡？」

我這麼一問，參曲奶奶便瞇起眼睛說：

「沒什麼，我只是聽說你們想化解黑歌和白音她們姊妹的問題。」

蒼那學姊也跟著表示：

「既然要追查小貓小姐和黑歌小姐的問題，我想應該也需要貓妖怪長老的力量，所以通知了她。」

這樣啊，她的確應該認識小貓的媽媽才對。

參曲奶奶說：

「關於這方面的事情，身為貓妖怪之長，我也不能置之不理。所以了，你意下如何啊，鏡子？」

聽了參曲這番話，當代的雲外鏡便回答『我知道了』，似乎已經有所覺悟。

看來，參曲奶奶對別的妖怪也有很大的影響力呢。雖然不能說是交給專業的來，不過想說服妖怪或許就該靠妖怪吧。

雲外鏡立刻接受了我們的請求，問了小貓和黑歌的詳細資料之後，便使用力量，開始搜尋。

在鏡面散發出的詭異光芒當中，雲外鏡表示：

『……她們雙親的狀態相當複雜呢。父親那邊由於家系的宗教領域屬於佛教系統，所以應該能夠和那邊的地獄交涉才對。』

這麼說來，佛教和印度神話的神話系統也有天堂——西方極樂和地獄是吧。所屬的宗教不同，人類死後能夠去的地方也會跟著改變的樣子。

對於內情在某種程度上應該有所了解的參曲奶奶追問：

「叫得出來嗎？她們的母親藤舞應該有困難就是了。」

——藤舞。

這就是小貓的媽媽的名字啊。

雲外鏡一臉凝重，如此表示：

『父親那邊……也不知道到底是牽涉到什麼，他的靈魂受到束縛的方式相當難纏。即使叫出來了，也不知道能不能正常對答。』

他的意思是，小貓爸爸的靈魂受到咒術的束縛嗎？他生前到底是做了什麼，才會落到這種下場……？

參曲奶奶對雲外鏡說：

「我也試著找閻魔大王關說一下，請祂稍微協助我們好了。」

『感激不盡。』

「傳說中，貓又是掌管人類之死的妖怪。因為這層緣分，我和閻魔大王也有點交情。」

參曲奶奶要我們準備裝了水的盆子，所以我快速轉移回家一趟拿了臉盆過來。

在臉盆裡裝了水之後，參曲奶奶望著水底。

「────────」

她在嘴裡不住唸唸有詞，發出的聲音像是話語又像是詛咒。

經過約莫十分鐘，參曲奶奶抬起頭來向我們報告。

「……看來，對那邊而言，他也是不知道該如何處置的靈魂之一。閻魔方面表示，他被惡魔的魔力、魔術師的咒術等等施展了好幾層束縛死後靈魂的術法，他們也無法處理。」

這已經不是來龍去脈太複雜可以解釋的狀況了吧！看來小貓的爸爸牽涉到的事情，比我們預想的還要重大，我們六個人也面面相覷，露出嚴峻的神情。

參曲奶奶也如此補充：

「如果能夠借用魔王大人的力量，並請魔法師協會協助的話，就另當別論了吧。」

對此，莉雅絲立刻回應：

「『D×D』就是該在這種時候產生作用。我們開始洽詢相關人士吧。」

說完，除了我以外的成員，莉雅絲、朱乃學姊、蕾維兒、蒼那學姊、真羅學姊都透過各自的管道，開始聯絡，尋求協助。

這時，參曲奶奶對著在一旁空等的我說：

「看來應該會稍微有一段空閒時間，要不要用鏡子呼喚哪個關係人啊？」

我可以請雲外鏡叫出和我有關的人嗎？

莉雅絲也在打開聯絡用魔法陣的同時這麼說：

「也好。一誠，我記得你說爺爺已經過世了對吧？既然你們家是佛教系統，應該叫得出來吧？」

「爺、爺爺嗎？啊——原來如此，不知道他是不是叫得出來的狀態。」

請雲外鏡呼喚爺爺是吧！我們正好也在討論結婚典禮的時候談到爺爺。

……我的爺爺。他已經過世好一段時間了呢。

……回想起爺爺生前的笑容，害我突然很想見他。

如果見得到的話，我真想見他一面。

雲外鏡問我：

『如果要呼喚他的話，告訴我名字和死前他生活住家的地址，會比較容易找。』

這樣啊，告訴他這些資訊就可以請他叫出爺爺。這種機會應該不太多，我就不客氣了。

「那我就恭敬不如從命了。呃——」

我下定決心，把爺爺的資料告訴他。

雲外鏡沉默了一陣子之後——

『要連上了。那麼，赤龍帝的祖父即將現形。』

突然，他這麼說，同時鏡中的我的臉兀自開始扭曲。

哇哇哇哇！已經要連上了嗎！生前沒有太大問題的話這麼快就可以連上啊！

我連忙在雲外鏡前面正身跪坐！總、總覺得有點緊張起來了！

於是——鏡子裡面傳出聽起來像說話聲的聲音。

【——部——……——胸、部——】

「爺、爺爺……？」

我對鏡子這麼說——

【陷陷陷陷呀啊——！】

隨著大聲唱出這段歌詞的聲音，一個熟悉的老年男性出現在鏡中！

一個容貌神似我和老爸的老爺爺——是我的爺爺！

爺爺一看見我，便露出一如往昔的笑容說：

【好久不見了，一誠！你長大了呢！過得還好嗎？】

…………

……嗚嗚，是爺爺！是爺爺的聲音和臉孔！和活著的時候一模一樣！

因為事情來得太過突然，我忍不住飆出男兒淚！

「嗚嗚嗚，爺爺！是爺爺！嗯，我很好！不過，陷陷陷呀啊——是怎樣……」

爺爺唱出那首「胸部龍之歌」的歌詞讓我很在意，於是我這麼問。

爺爺豪邁地笑了，然後表示：

【哈哈哈哈！佛祖的世界也到處都在討論你的傳聞！上次菩薩還特地叫我過去誇獎我呢！你在那邊的世界表現得那麼活躍，我在這邊也非常驕傲！畢竟，我可是在死後還得到赤龍帝的祖父這個頭銜呢！我每天都在西方極樂世界伴著胸部龍之歌跳舞喔！】

爺爺還是和過去一樣活力十足，說話又快，一點都沒變。

這樣啊，我的故事在佛祖的世界也很有名啊！等等，既然如此，就表示爺爺知道我的真實身分嘍……

赤龍帝的祖父啊，真是個響亮的頭銜……而且他還用我的歌在那個世界唱歌跳舞喔！

爺爺為我補充說明，在佛教世界的極樂，赤龍帝——我的活躍表現廣為流傳，他們就連我面對邪惡之樹的時候有多亂來也全部都知道。他說沒有任何神佛不知道我的事蹟，而且一直有知名的神明問他我小時候的事情。

這表示我的活躍表現，甚至為死後的爺爺帶來了好的結果嗎？

享受著極樂生活的爺爺，對正好有空的莉雅絲說：

【那位是一誠未來的新娘之一嗎？很高興見到妳，我是一誠的祖父。】

「啊，不，該高興的是我，幸會。我是莉雅絲・吉蒙里，爺爺大人。」

莉雅絲也正式問候了爺爺。

爺爺連她是我未來的新娘之一也知道啊！……看來我們的事情真的無人不知呢。

爺爺看了看莉雅絲——的胸口，又看了看位置稍遠的朱乃學姊的乳房。

他帶著滿足的笑容一次又一次點頭。

【嗯！嗯、嗯！一誠！你小時候就說「我要和大胸部的大姊姊結婚！」，看來這個夢想有望成真呢！紅髮女孩也好，馬尾女孩也好，她們的胸部都非常優喔！你奶奶年輕的時候胸部也相當可觀，而她們也絲毫不遜色！】

正當爺爺如此大談胸部經的時候——

『時間快到了。逾時會挨閻魔大王的罵，該道別了。』

很快的，雲外鏡表示時間限制已到。

「咦！這麼快嗎！」

我只能驚訝！我只有聽到爺爺的自吹自擂耶！

莉雅絲對我說：

「這表示和已死的人交談這件事，在某些宗教當中就是如此嚴格的事情。而且你是惡魔，原本不應該接觸和佛教世界有關的事物。」

……的確，我已經……轉生為惡魔，又是上級惡魔吉蒙里家的眷屬，照理來說應該是屬於聖經、基督教方面的神話體系。

儘管離別的時刻已到，爺爺卻還是那麼開朗。

【雖然還沒聊夠，不過爺爺總覺得，說不定我們還可以見面呢。放心吧，要是你碰上什麼麻煩，爺爺會去幫你的，包在我身上！一誠！】

「好、好喔。」

爺爺不停抓動的右手做出揉胸的動作，同時這麼說：

【——你要狂揉一大堆胸部。我年輕的時候也一樣，真的是揉過各式各樣的胸部——】

話還沒說完通訊就突然斷線了！

『已經斷線了。抱歉，到此為止。』

我抓著雲外鏡對爺爺喊話！

「你年輕的時候發生過什麼事！你見識過怎樣的胸部！爺爺——————！」

可惡！我爺爺還是一樣元氣十足又好色啊！不過，我也覺得有一股活力湧現出來！既然我現在的表現能夠為死後的爺爺帶來好處，我也感到很驕傲，也更有成就感了！

就這樣，我和爺爺短暫的重逢宣告結束——

莉雅絲她們得到各勢力的協助之後，再次對雲外鏡說：

「——應該有辦法連線了。大家已經透過魔法陣為我們分析過術式了。」

雲外鏡也表示『應該能夠設法連上』，並再次開始準備使用能力。

『由於靈魂的記憶被施加了強烈的咒術，記憶並不正常。對方目前的狀況形同亡靈，因此可能無法正確對答，請各位記得。』

說完，他便施展力量，在鏡子上投影出那位人物。

……根據我事前得到的情報，小貓和黑歌的爸爸的種族是人類。話雖如此，她們兩個並非貓又和人類的混血兒。

貓又的特徵是和其他種族的異性交配，而對象是人類的話，兩者之間生下來的就是一般的貓又。如果是和人類以外的種族交配，似乎會吸收該種族的特徵，所以黑歌想要我或是瓦利的強大龍族基因，大概就是出於這個理由吧。

另外，如果人類是異能力者的話，有時也會繼承到力量就是了……

鏡面像電視的雪花畫面一樣充滿雜訊，無法清楚看見對方的長相和身影。

狀況和剛才呼喚我爺爺的時候完全不同。

【……我、我是……我、我是……】

終於傳出聲音了……但是就連聲音都帶著雜音，聽不到清晰的語音。

雲外鏡補充說明：

『看來他似乎連名字都忘記了。這樣只能問他一些零星的問題，擷取他的話語了。』

……居然是這種狀況。他到底經歷過什麼啊？

莉雅絲對著身影和聲音都不太清楚的鏡中人說：

「你記得塔城……不，記得名叫白音和黑歌的貓又姊妹嗎？」

沉默了好一陣子之後，帶著雜音的聲音終於有了反應。

【……貓、又……藤舞……】

他好像記得老婆的名字……不過，難道他不知道小貓和黑歌──女兒的名字了嗎？

參曲奶奶問：

「沒錯，她就是被你帶走的貓又……你對那個孩子做了什麼？不對，這樣問好了。你帶她去了別的地方，打算在那裡做什麼？」

然後，我們──即將聽到一連串衝擊性的真相。

【……我帶她去了……納貝流士家……在那裡……我為了……製造出……超……超越者……以後天方式……製造出超乎常規的惡魔……進行……研究……】

……超、超越者，以後天方式製造出超乎常規的惡魔……是嗎？

「以、以後天方式製造出超越者——！」

我也忍不住驚叫出聲！

小貓她們的爸爸參與了納貝流士家分家的，也就是黑歌的前主人的研究……？而且在那裡進行的研究——是以後天方式製造出超越者……！

這、這應該是非常不得了的一件事吧！

這件事對於莉雅絲、朱乃學姊、蕾維兒、蒼那學姊、真羅學姊等人而言似乎也是出乎意料，就連她們也都驚訝不已。

莉雅絲瞇起眼睛說：

「……看來，我們似乎踏進了『某些人』不希望別人觸碰的領域了呢。」

……我想也是。這應該是超級保密，極為機密的研究吧。啊——就是因為這樣，魔王陛下的衛兵前去的時候，研究資料才會大部分都已經消失了。大概是有人覺得會對自己不利，所以處理掉了吧。

事情開始往不妙的方向串聯起來，我也越來越緊張了。

我甚至不禁推測，冥界的部分高官隱約知道內情，還曾經打算收拾掉黑歌和小貓。

以後天方式製造超越者的研究，這種最高機密確實得消除掉才行。

小貓的爸爸接著又說：

【那是……納貝流士家那位大人的心願……也是……番外惡魔……涅比羅斯的……命令……】

「涅比羅斯……！居然在這裡冒出那個名字來……！」

莉雅絲她們再次為之驚愕。除了我以外的惡魔似乎都知情。

這時莉雅絲為一臉狐疑的我說明。

「……你知道路基福古斯家是效忠第一代路西法的家族對吧？自古便侍奉路西法的家族包括路基福古斯在內共有六家。」

莉雅絲表示，那六家分別是路基福古斯、阿迦里亞瑞普特、撒塔納奇亞、弗勒雷堤、薩格塔納斯、涅比羅斯。她還說，其中有幾家依然存在，有的在之前的惡魔內戰後已經斷後，有的則是行蹤成謎。

其中，涅比羅斯屬於行蹤成謎的家族。

蒼那學姊托腮說出自己的推測。

「……納貝流士家的分家和涅比羅斯搭上線了……這麼說來，我好像聽說過在三大勢力的大戰當中，納貝流士家是涅比羅斯的屬下呢。」

小貓的爸爸依然斷斷續續地說著：

【……藤舞是、是優秀的貓又……她協助我進行……以後天方式製造超越者的研究……

她……似乎對我有意思……無論我說什麼她都聽……】

小貓的媽媽在幫老公的忙是吧。

我問參曲奶奶。

「您知道這件事嗎？」

「我知道的沒有這麼詳細。不過，我只知道藤舞愛上了一個在做非正派研究的人類。我也給過她忠告，勸她回頭。」

……這樣啊。看來小貓她們的媽媽愛上了一個很不得了的男人呢。

我突然有點好奇，這麼問她們的爸爸。

「請、請問，你不記得名叫小貓——名叫白音和黑歌的貓又……不記得你和藤舞小姐的小孩了嗎！」

經過短暫的沉默，他們的爸爸如此回應。

【……這麼說來……藤舞……是生了兩隻貓……】

——！……哪、哪有這樣的！他怎麼可以這樣回話！

兩、兩隻！他怎麼可以這樣說自己的女兒！

我忍不住抓著鏡子大聲問：

「你不記得了嗎！她們姊妹一個是耳朵和尾巴都是黑色的美女，一個是耳朵和尾巴都是白色的可愛女孩！是你的女兒啊！」

【……我想不起來……名字……也不太記得……聽你這麼一說……藤舞好像是提過類似那樣的名字……】

…………

……………怎、怎麼會有這麼過分的傢伙……為了研究而帶著妻子……不，是帶走貓又女子……還連小孩都生了，卻沒有認養她們。不對，甚至對她們只有模糊的認知啊。

……這種事情，我哪能告訴小貓啊……妳的爸爸為了研究利用妳的媽媽，還讓她生下妳們，但是幾乎不記得妳們，這種事情我怎麼說得出口……！

不甘心到不能自已的我因為無法排遣的憤怒而渾身顫抖。蕾維兒也帶著傷心的眼神握著我的手。

蕾維兒想必也覺得那個人太過分了吧。

小貓的爸爸說：

【……對了，我想起一件事情了……我給了藤舞……一個髮飾……黑貓造型的……為了防備緊急情況……我把研究成果藏在裡面……知道這件事的……只有納貝流士的……那位大人……還有涅比羅斯的……】

這個資訊和小貓的髮飾互相吻合——

是那個可愛版的貓臉的髮飾吧。那裡面藏了研究成果……？

莉雅絲和蒼那學姊似乎想通什麼了。

「死神們之所以盯上小貓……就是這麼回事吧。那個孩子的髮飾，聽她說過是母親的遺物。」

「塔納托斯想要的，肯定是以後天方式製造出超越者的研究。不知道祂是在哪裡得到那個情報的，不過光是知道理由就前進了一大步。」

知道了塔納托斯的目標和目的，就是一大收獲了吧。

雖然我震驚到說不出話來……

不過，有件事讓我很好奇，所以我問了莉雅絲。

「是說小貓的那個髮飾，不是莉雅絲給她的啊。我記得小貓也說過那是得自莉雅絲的東西耶。」

「平常戴的那個是。只是還有個正版。要是把遺物弄壞就無法挽回了，所以我做了好幾個複製品送給她。真正的遺物，除了祝賀場合以外，她應該都收得好好的才對。」

原來是這樣啊。我現在才知道這個關於小貓的資訊。

雲外鏡說：

『時間快到了。要斷線了。』

鏡中小貓的爸爸表示——

【……對了，那個研究……怎麼了？我死了以後……開花結果了嗎……？……無論是誰都好……除了李澤維姆、瑟傑克斯、阿傑卡以外的超越者……誰快製造出來吧……製造出後天的超越者……拜託……】

雲外鏡的力量在此中斷，我們和小貓的爸爸的對話就此結束。

一直到最後……他都是個只對自己的研究有興趣的男人——

聽完他所說的一切之後，我們重新針對今後的行動開始討論。

「知道小貓的髮飾裡面藏了以後天方式製造超越者的研究資料，真是一大收獲……！」

總之，我們先把這件事告訴可以信賴的組織，請他們分析情報再說。

最適合的應該是別西卜陛下和神子監視者了吧。大家也都贊同這個意見。

因為見到爺爺而感到高興，又因為聽了小貓的爸爸所說的話而感到傷心，帶著如此憂喜各半的心情，我們踏上了歸途——

—○●○—

回到兵藤家的我們，將目前的狀況告訴夥伴們。

對於小貓，有關她爸爸的事情我們盡可能避重就輕，只說她的雙親參與了以後天方式製造超越者的研究，並且和她商量可以怎麼處理那個髮飾。

我想，對於小貓而言，那是重要的遺物。但是，小貓還是決定提供那個髮飾，借給阿傑卡・別西卜陛下。

「可以嗎？」

「妳確定？」

莉雅絲和我對於提供遺物都感到擔心，而這麼問小貓。

然而，小貓本人卻露出笑容……

「不成問題。莉雅絲姊姊給我的備用品還有很多呢。」

——如此回答。

……我無法說出有關她的爸爸的真相……重要的比賽將至，我又怎麼能把那種事情告訴她呢。不對，就算不久之後沒有比賽，我也沒辦法說出她的爸爸是那種人……！

難以言喻的糾葛在我心中盤旋。就在這樣的狀況下，黑歌和勒菲一起回到兵藤家來了。

一直到現在這個當下，我們都完全聯絡不到黑歌她們。我問了理由是什麼——

「我們去了中國的……妖怪世界當中更加內地的地方。」

勒菲便如此回答。

詳細追問之下，才知道他們去找牛魔王一派進行了大規模的戰鬥，當作是讓加入隊伍的當代豬八戒和沙悟淨進行修練！換句話說就是去踢館啦。

聽說牛魔王那邊也開始胡作非為了，所以他們以鎮壓暴動為名目，同時為了提升隊伍的團結度而特地前往內地。

我把小貓遭受死神襲擊這件事告訴黑歌之後，她也嚇了一跳。黑歌拉著小貓的臉頰說：

「不過，妳看起來沒怎樣嘛。那我就放心了喵。」

「……既然無此，就無要拉偶的臉頰。」

看著姊姊拉自己的臉頰似乎讓小貓有點不滿。

莉雅絲說：

「塔納托斯可能也找過黑歌，不過祂再怎麼厲害，大概也想像不到你們跑去中國內地找牛魔王亂來了吧。」

塔納托斯派既然在找研究資料，應該也會盯上和小貓同時牽扯進其中的黑歌才對。只是他們襲擊了比較容易找到身在何處的小貓這邊而已。

「黑歌，跟我過來一下好嗎？」

「哎呀，看來是要談正經事呢。」

之後，莉雅絲將黑歌單獨叫到別的房間去，告訴了她真相——

當天晚上——

來到莉雅絲隊和瓦利隊的比賽即將開始的時刻，我問了住在一起的成員們知不知道黑歌在哪裡。

得到她上樓頂去的目擊情報之後，我前往兵藤家的樓頂——

黑歌正在那裡吹晚風。

我朝她走了過去，而她似乎立刻透過氣息察覺到了，對我這麼說：

「小赤龍帝也知道我們的父親的事情了啊。」

「是啊。」

「姑且還是別告訴白音吧。因為我告訴她父親是和母親經過一場轟轟烈烈的戀愛之後讓母親懷下我們，但是後來卻因為不幸的意外而喪生。」

「小貓她……完全不知道有關雙親的真相嗎……？」

黑歌轉過身來。她的表情充滿了難以言喻的複雜心情。

「……小赤龍帝和那個人……和我們的父親通過雲外鏡對話過了不是嗎？既然如此，你應該明白才對。那個男人不是什麼好東西。就連先出生的我也不太記得，我也是後來才在納貝流士家聽說得非——常清楚。他是個熱衷於研究的男人。不對——」

帶著愛恨交織的眼神，黑歌斬釘截鐵地說：

「他唯一感興趣的事情，就只有研究。」

她仰望天空，繼續說了下去。

「我和白音之所以誕生……也純粹只是因為那個男人一時衝動把貓又當成發洩情慾的對象罷了。而且最傷腦筋的，是我們還有一個會丟下我們跑去找男人的母親。」

小貓和黑歌的媽媽——藤舞小姐，帶著他們的兩個女兒給她們的父親見過好幾次，但他毫無反應。最後，因為要進行大型的實驗，沒辦法再把小貓她們帶在身邊了，藤舞小姐便留下她們兩個，短暫前往男人身邊——前往納貝流士家的分家的研究設施。

然後——藤舞小姐就這麼在實驗失敗引發的意外當中，和男人雙雙身亡。

媽媽再也沒有回到小貓和黑歌身邊，兩人陷入了孤苦無依的狀態。

「到頭來，實驗的結果是我們的父母一起被炸死，這就是故事的結局喵。」

但是一切並未只因為這樣就結束。納貝流士家分家的惡魔，在發生這樣的意外之後依然繼續進行研究。

「納貝流士家大概是透過那兩個人隱隱約約知道了我們的存在吧。所以，他們才來邀請我當眷屬……當時，對於無可依靠也沒有力量的我們而言，並不存在拒絕這個選項。」

為了讓妹妹填飽肚子，黑歌成了惡魔的眷屬。之後，黑歌的力量覺醒，殺害了主人，遭到惡魔政府通緝。

黑歌的眼神當中充滿了悲哀。

「藤舞……我們的母親介紹我和還只是個小嬰兒的白音給那個男人認識時的情形，我還記得一點……因為是自己和所愛的人生下的孩子們，我們的母親大概很希望那個男人好好看著我們吧。但是……那個男人看著我們的時候，看起來一點興趣都沒有。明明是自己的小孩，照理來說應該不需要講明也會察覺到才對吧。」

她的眼神當中的感情隨即消逝。

「不對，我猜他應該知道。可是，他決定裝作不知道……除了研究以外的事物，只會礙事……他大概是這麼想的吧。我們的母親之所以暫時留下我們，跟著那個男人走，大概也不是為了和那個男人在一起不惜拋棄我們。她是希望那個男人能夠認同我和白音。」

關於這件事，參曲奶奶也這麼說過。

『藤舞……那個孩子在貓又當中也是特別擅長使用仙術的一個。然而，儘管她天生擁有這樣的才能，卻是個完全不適合戰鬥的，心地善良的孩子。』

……無論如何，她都希望自己喜歡的男人能夠認同他們的兩個女兒吧……所以，她才拚了命跟著那個男人。

黑歌似乎對雙親相當了解。平常明明那麼愛胡鬧，對於這方面的感覺卻是如此敏銳……

「……既然妳那麼了解雙親，為什麼不告訴小貓妳們的母親是怎樣的人呢？」

「就是因為了解才不說……要是告訴她母親是怎樣的人，她會對父親更好奇吧？白音……是個柔弱的孩子。儘管堅強，卻也很柔弱……」

黑歌──抱住我輕聲說：

「……拜託你，小赤龍帝……我想和白音在這個家安穩度日。當然，我會為之前的胡作非為贖罪，今後也會和可能侵襲而至的威脅戰鬥。可是，除此之外……我只想過著正常而平靜的生活……」

明明是那麼頑皮的惡貓，現在抱著我的她感覺卻是這麼瘦弱，這麼嬌小。我靜靜抱緊她，對她說了：

「好，我知道。想在這裡待多久都隨妳高興。而且──」

我斬釘截鐵地如此宣言：

「要是有威脅小貓和妳的敵人侵襲而至，我也會戰鬥。誰教我們是在這裡一起生活的一家人。」

聽我這麼說，黑歌表示──

「啊哈哈，這位上級惡魔大人還真敢說呢……那你就讓我待在你身邊吧。作為你的家人。」

黑歌輕佻地這麼說，隨後又表示「暫時讓我維持這樣一下」，難得對我撒嬌——

和黑歌對話過後，我為了重新振作氣勢和轉換心情決定去洗澡，於是前往地下的大浴場。

其實家變大，有了大浴場後，我有個祕密的小樂趣就是一個人獨占大浴池在裡面泡澡！

不，和女生混浴也很棒，我也非常愛！碰上那種場面時，我們也會互相幫對方洗澡（只是女生們會爭著說「我也要我也要」，多半都是洗到一半就泡湯了）。

那樣當然也非常棒！可是！地下的浴池那麼大，想要一個人好好享受也無可厚非吧！

就算去超級錢湯或是溫泉景點，也很難碰上可以一個人獨享的狀況。

現在難得家裡就有大浴場了，我有時候也想一個人享受嘛！

主要是大大方方地坐在寬敞的浴池的正中央，或是不太禮貌地游個蛙式，一個人做這些事情還挺紓壓的。

總之，就是在面對重要的事情之前轉換一下心情。

雖然住在這裡的人很多，不過大家的洗澡時間我大致上都掌握得很清楚。這個時段應該沒有任何人在洗才對。

我迅速脫掉衣服，一邊哼歌一邊踏進大浴場，在清洗區前面坐下。

這時，我發現洗髮精沒了。在無可奈何之下，我決定伸手去拿隔壁清洗區的洗髮精的時候——

「……請用。」

隨著這個聲音，有人遞了洗髮精給我。

「啊，謝啦。」

我原本如此回應——

接著忽然覺得不太對勁，往旁邊一看——發現全裸的小貓站在那裡——！

我完全沒有感覺到氣息，所以一直以為只有自己一個人！我應該更仔細確認一下更衣室才對！

一對自我主張不太強烈的胸部，映入我的眼中！

儘管害羞，小貓還是開了口：

「……因為我在浴池的死、死角處泡澡……結果，一誠學長就一邊哼歌，一邊走了進來……」

原、原來是這樣啊！小貓的個頭那麼小，如果在從入口看不見的地方泡澡，我也不會發

現！

說完，小貓再次回到浴池那邊去。

她是為了遞洗髮精給我才走出來的嗎？這樣就尷尬了……

我快速洗完頭和身體，從離她稍遠的位置走進浴池。

現場充滿了對彼此都很尷尬的氛圍……

但我下定決心，向小貓搭話：

「……小貓，比賽就快到了呢。」

小貓直言不諱地說了。

「是啊，我是莉雅絲姊姊的『城堡（rook）』，更是家人。我一定要讓她贏過那個人。」

然後，她更帶著決心堅定的眼神告訴我。

「而且我也要贏過黑歌姊姊。」

但是，她隨即又露出複雜的表情。

「……雖然我和黑歌姊姊已經和解了，但要說內心的芥蒂已經完全消失，就是在騙人。心中一度懷抱著那麼強烈的情感，要我消除殆盡……我還是辦不到。可是，我也知道，黑歌姊姊依然是當時那個溫柔的黑歌姊姊。」

黑歌殺害前主人的案件。小貓也已經知道，她是為了保護小貓才那麼做。可是，當時感覺到的恐懼也假不了。小貓是真的害怕姊姊，害怕貓又的力量。

小貓的雙手用力互握在一起，同時表示：

「……那個時候我心中的恐懼、孤獨、絕望……儘管已經因為莉雅絲姊姊和大家而一點一點逐漸冰釋……但要完全克服——要超越當時的自己，我想大概也只能和黑歌姊姊來一次正面衝突了吧。」

那個時候感覺到的恐懼——她大概是想藉由和黑歌正面對戰來接受、跨越、消除那個障礙吧。

為了超越過去的自己——

「嗯，既然妳都這麼決定了，我也只能為妳加油嘍。不過我也得為黑歌加油就是了。」

小貓輕輕笑了一下。

「好的，你儘管為黑歌姊姊加油吧……不過，我希望你為我加油的比重，可以稍微多一點。」

在這番對話之後，我們陷入了短暫的沉默。

接著開了口的，是小貓。

「……關於父親大人和母親大人的事情，你知道了對吧？」

——！……她問了有關自己的雙親的事情。

我——毫不掩飾地點了頭。

小貓仰望著天花板說：

「關於他們兩個是怎樣的人，黑歌姊姊告訴我的事情都相當含糊……可是，即使她不說，我也隱約能察覺……換句話說，事情和我想的一樣，所以黑歌姊姊也不知道該怎麼回答吧。我隱約感覺得到。」

「小貓，可是，妳的媽媽——」

我想至少應該讓她知道這件事，但小貓——搖了搖頭。

她露出燦爛的笑容。

「沒關係。因為我現在很幸福。我有好多姊姊，佑斗學長也是我的哥哥，更交到很多朋友，最重要的是……我還有了喜歡的人。」

紅著臉的小貓對我說：

「有這麼多家人，就足以讓我一戰了。足以讓我生活下去了。」

黑歌——小貓很堅強。比妳以為的還要堅強。不，她是變強了。因為有莉雅絲他們在，因為她和我們在一起——

我覺得，總有一天，即使說出有關雙親的真相，這個女孩一定承受得了。不過這件事……還是不應該由我開口。應該由黑歌來說。

小貓在浴池當中移動，縮短距離來到我的附近。

她正面問我：

「一誠學長，你還記得『魔獸騷動』那個時候的事情嗎？還記得我說過什麼嗎？」

——等我長大了，請讓我當你的新娘。

那個時候，小貓這麼對我說。我怎麼可能忘記呢。

「記得啊，我當然記得。」

小貓紅著臉，明確地這麼表示：

「請你一定要找一天給我一個答覆。」

說完，她猛然離開浴池，就這麼快步走向更衣室。

「還有，莉雅絲姊姊也在三溫暖裡面！」

還丟下這麼一句話！

小貓這句話引我看向三溫暖——全裸的莉雅絲正好打開門走了出來！無論再看幾次也看不膩的大胸部，還有色澤亮麗的粉紅色尖端！以及對我而言正好穠纖合度的大腿等等，完美至極的好身材真是令我大飽眼福！

「對不起。我不是故意要偷聽……只是找不到走出來的時機。」

說著，她用清洗區的蓮蓬頭沖掉身上的汗水，走進浴池裡來。

正好。比賽也馬上就要到了，我要把我的心意告訴她。

「這場比賽，我會為妳加油。不過，妳應該知道就是了。」

「呵呵呵，我當然明白。」

莉雅絲對我眨了眨眼，強悍地這麼說。

「要是我打倒了你命中注定的宿敵，也不可以恨我喔。」

「就算事情變成那樣，我也只會覺得那樣的發展很有意思。」

如此對談之後……總覺得氣氛變得很棒。我們就這麼靠在一起，準備交疊雙唇的時候。

「半夜泡澡也很棒喔！」

「是啊！妳突然吵醒我說我們去泡澡的時候，我還非常生氣，不過現在覺得深夜泡澡也很棒！」

「……雖然很想睡，不過我陪妳們就是惹。」

潔諾薇亞、伊莉娜、愛西亞（想睡模式）她們教會三人組走了進來！

三人看見我們嚇了一大跳。

「還、還可以在這種深夜來浴場私會嗎！」

「不會吧！原來還有這種邂逅！」

「姊、姊姊！不好意思打擾你們了！」

一如往常的發展和感覺讓我跟莉雅絲互看了一眼，忍不住噴笑。

結果，我還是無法一個人享用大浴場……不過能夠聽到小貓的想法，還可以親口為莉雅絲加油，讓我打從心底感到慶幸——

○●○

於是，終於到了莉雅絲隊和瓦利隊之戰的當天——

我不是為了替她加油，而是為了保護會場而來到現場。

遊戲的會場，是在冥界的墮天使領建設的全新體育場——「法夫納體育場」。

據說，是為了讚揚協助阿撒塞勒老師的龍王才建設了這裡。入口前方，立著以法夫納為藍本的金色雕像，還有穿著墮天龍的鎧甲（down fall dragon another armor）的阿撒塞勒老師雕像。

……這該不會是在老師前往那個領域之前，採納了他的意見的結果吧。自我主張未免也太強烈了！

言歸正傳，我們之所以被派來保護會場，理由是基於幾瀨鳶雄先生的意見。

『我們接獲情報指出，塔納托斯派的死神鎖定了莉雅絲．吉蒙里小姐的隊伍對上瓦利隊的那場戰鬥。雖然無法完全肯定……不過以身為組織的幕後情報員身分工作至今，我的直覺也不斷告訴我會有人來襲擊。』

幾瀨先生還表示，由於小貓和黑歌也會聚集在這個地方，他們很有可能會伺機潛入會場，抓住她們兩個。

……我也隱約感覺到危險的氣息，便決定帶著隊員們負責保全的工作。

如果什麼事都沒發生當然最好。至於比賽的狀況，就只能透過隨身裝置收看現場轉播了。

可惡！明明就可以到現場觀賞比賽，沒想到卻得用手機看轉播！

不過，只要讓莉雅絲和瓦利能夠順利比賽就好。

由於情報並非完全可靠，事情並未發展到必須取消比賽的地步。因為原則上，大會每一場比賽的保全工作都十分周延。

要是真的出了什麼緊急狀況，只要先暫停比賽，由我們和莉雅絲隊、瓦利隊擊潰塔納托斯一派就可以了。

不過，難得有這麼一場比賽，我想盡量讓他們雙方和觀眾們好好享受。

所以這是「D×D」的機密任務。對手是塔納托斯一派……不知道他們會不會來，不過要是他們來了就等著被撂倒！

順道一提，這次無法仰仗塞拉歐格和杜利歐他們的協助。他們雖然表示有辦法的話也想趕過來，但是似乎有形跡可疑的神祕惡魔們在他們的管轄範圍內出沒，所以無法離開當地。

至於西迪眷屬，因為那些惡魔不見得不會襲擊駒王町，為了以防萬一，他們留在人類世界守護那裡。只有班妮雅被我們借來用了。

因此，還是只能由我們搞定這件事。

我們只能戒慎恐懼地面臨能夠穿越結界而來的那些傢伙的威脅。真不知道他們到底是怎樣得到穿越結界的方法。

我們「燚誠之赤龍帝」隊的成員們（爆華變成了迷你龍）在會場周邊集合。

雖然沒有比賽和練習，不過維娜小姐和羅伊根・貝爾芬格小姐也趕來了。

我向羅伊根小姐道謝。

「不好意思，明明不是確切可靠的情報，我卻說要來這裡擔任保全工作。而且妳還答應了。」

聽我這麼說，羅伊根小姐露出微笑。

「沒關係沒關係。反正剛好有時間。如果什麼事情都沒發生不是更好嗎？」

正當我們準備以在場的成員決定站崗的位置，即將開始討論的時候。

「我也來充當保全了，兵藤一誠。」

——說著，幾瀨鳶雄先生帶著幾名特工現身！

「幾瀨先生！」

幾瀨先生讓黑色的狗——刃在他身邊坐下，然後對我們這麼說：

「既然對方是襲擊和暗殺的專家，應該更需要專門獵殺那種目標的專家對吧？」

幾瀨先生仰望體育場，同時笑著說：

「而且——瓦利他們的比賽要是有閒雜人等進去潑冷水也不太好。」

喔喔！真是太可靠了！沒想到刃狗隊也願意和我們一起保護會場！

「就是說啊。不可以讓人妨礙小瓦的比賽。」

在這麼說的同時登場的，是身穿白色長袍和尖帽子的金髮美女魔法師——拉維妮雅・蕾妮小姐。

另外還有一位盤起頭髮，身穿特工制服的漂亮大姊姊興奮地向我打招呼。

「我是皆川夏梅！你是胸部龍小弟對吧？我一直很想見你一面！原則上，你的電視劇系列我都有在追喔。」

接著向我打招呼的，是肩上坐著一隻白貓的棕髮男子。是個看起來像不良少年的型男。

「呃——我是鮫島綱生。啊，我也喜歡大胸部喔。」

皆川小姐輕輕敲了一下鮫島先生的頭，並且說：

「其他還有幾個正式成員。下次再好好介紹給你認識。」

連刃狗隊都願意協助我們固然令人高興，我還是鄭重其事地婉拒。

「幾瀨先生，這是我們自行發起的警備行動。純粹只是害怕在比賽當天遭到襲擊，所以才來充當守衛罷了……你們是神子監視者的重要特工，不應該為了不知道會不會來的敵人而出動——」

正當我說到這裡的時候，幾瀨先生斬釘截鐵地正面對我說：

「我們也願意奉陪。正因為你們做這種事情的時候也會全力以赴，我們才決定跟進。而且先說直覺怎樣又怎樣的是我啊。」

「——！」

……我們說不出話來。刃狗隊的成員們也用力點頭呼應隊長的這句話。

他們的熱意讓我心頭一緊！

幾瀨先生表示：

「阿撒塞勒先生在過去那邊之前也隨口對我這麼說過——可以的話偶爾也陪那些傢伙亂來一下吧。」

鮫島先生一面摸自己的貓的頭一面說：

「為了防範想對貓又小妹們不利的死神而傾盡全力，真是條漢子。身為和貓搭檔的人，我也想協助你們。」

對此，皆川小姐也用力點頭。

「沒錯沒錯，我們雖然專門負責諜報和暗殺之類的工作，不過到頭來還是非常喜歡這種熱血劇情！」

幾瀨先生伸出拳頭。

「我們來保證他們可以打一場好比賽吧。由你們和我們合力。如果什麼事情都沒發生的話那當然是最好。要是發生了什麼事情的話——」

我也伸出拳頭，和他的拳頭碰在一起。

「揍扁敵人就對了！」「砍碎敵人就對了！」

我和幾瀨先生同時如此宣言，堅定彼此的決心！

就這樣，為了防範不知道會不會來的塔納托斯，我們和幾瀨鳶雄先生率領的刃狗隊決定一起保護這場比賽——

你們可要打一場好比賽喔。

——瓦利、莉雅絲！

Team member.

○「莉雅絲・吉蒙里」隊・大會登錄成員

・國王——莉雅絲・吉蒙里
・皇后（queen）——姬島朱乃
・城堡——塔城小貓
・城堡——瓦斯科・史特拉達
・騎士（knight）——木場祐斗
・騎士——凜特・瑟然
・主教（bishop）——加斯帕・弗拉迪
・主教——瓦雷莉・采佩什
・士兵（pawn）「8」——黑先生（克隆・庫瓦赫）

○「明星之白龍皇」隊・大會登錄成員

・國王——瓦利・路西法
・皇后——芬里爾
・城堡——戈革瑪各
・城堡——（現任）豬八戒
・騎士——亞瑟・潘德拉岡
・騎士——（現任）沙悟淨
・主教——黑歌
・主教——勒菲・潘德拉岡
・士兵「5」——美猴
・士兵「3」顆分未登錄

My Princess.

在距離比賽會場「法夫納體育場」的選手休息室最近的自動販賣機，瓦利．路西法正打算投下零錢買飲料的時候。

有人先投了零錢，以纖長的手指按下瓦利想喝的運動飲料的按鈕。

那個人從取物口拿出「喀噹」一聲掉下來的寶特瓶，然後遞給瓦利。

「小瓦每次在面臨重要戰鬥的時候，固定都是喝這個呢。」

將寶特瓶遞給他的──是身穿白長袍的女魔法師，拉維妮雅．蕾妮。

瓦利對這名女子相當熟悉。

「……妳來了啊。」

聽瓦利這麼說，拉維妮雅露出柔和的笑容。

「我來了。」

她對接過寶特瓶的瓦利說：

「我想『D×D』的各位或許會幫吉蒙里家的公主他們加油，而不是小瓦。因為小瓦不久之前還那麼調皮，這也是理所當然的事情。」

這個人對自己說話的方式還是如此直接啊，瓦利不禁這麼覺得。

「我並不需要聲援……」

正當瓦利輕聲這麼說的時候，一隻手忽然朝他的臉頰伸了過來。

她一邊撫摸瓦利的臉頰，一邊微笑。

「──無論何時，我和小瓦都是同一陣線的喔。所以，我會為你加油。」

──那個笑容一如往常地溫柔。

對於瓦利而言，那是在母親之後……除了母親以外，他唯一見過的溫柔的女性微笑。

瓦利挪開自己的臉，原地背對著她

「……隨便妳。」

他總是忍不住這麼回答。

「那我就隨自己的便嘍。不過，我得一邊做點工作，一邊為你加油就是了……」

「工作？」

瓦利狐疑地轉過頭……但可以看見的只有她依然不變的笑容。

「你不用在意這件事沒關係。」

他很了解，這種時候繼續追究下去也只會被避重就輕。

「……這樣啊。那麼，我走了。謝謝妳請的飲料。」

瓦利邁開步伐走向休息室。

「你要加油喔，小瓦。」

背後傳來她的聲音，但瓦利沒有理會，繼續前進。

走到休息室附近之後，阿爾比恩一邊輕笑一邊這麼問：

『呵呵呵，公主為你加油的感覺如何啊？』

「少多嘴。」

除了母親以外，第一個對自己露出笑容的女人——

這樣的一個人為自己加油，感覺有點難為情，卻又溫暖而令人感激。

Slash.1 比賽的背後 —並肩作戰的赤龍帝與刃狗(slash dog)—

我們在會場周邊依照蕾維兒想出來的配置散開，並且準備應付襲擊的同時，比賽的狀況持續進行著。

『規則——確定是棋盤崩塌了————！』

設置在會場外圍的超巨大螢幕，正好宣布規則已經定案。

『是遊戲領域會從邊緣逐漸崩塌的規則呢。』

轉播員和解說員分別表示。

『沒錯，依照這個規則，領域經過一定時間便會從邊緣逐漸崩塌，最後只剩下中央。』

這是領域會從邊緣一點一點消失的規則。我們也曾經用這套規則戰鬥過。

『領域會逐漸縮小，就表示能夠逃的地方或是躲藏的地方會越來越少，到時候就無法避免戰鬥了。』

『在狹窄的領域展開混戰也等同於流彈容易命中己方，如何在領域依然寬敞的時候占到優勢將是一大重點！』

隊伍之間的實力差距懸殊的時候，在領域還沒崩塌太多之前就會分出勝負，但如果在勢均力敵的狀況下，這個會逐漸縮小的領域對戰況的影響將十分顯著。

『話雖如此，這也是標準規則，毋庸置疑的，比起戰術，隊伍實力更能影響戰局！』

沒錯，既然是莉雅絲的隊伍和瓦利的隊伍用這套規則戰鬥，應該只會憑藉最低限度的戰術，以正面衝突一決勝負吧。

無論是雙方當事人，還是觀眾們，大概都是如此盼望。

至於我們這邊，大家都透過戴在耳朵上的對講機互相聯絡。大家說好一旦發現什麼奇怪的事物，就要立刻聯絡彼此。

我和蕾維兒一起站在體育場的入口附近——幾乎就是正面的地方，監視有沒有可疑分子前來。除了我們以外，負責保全工作的士兵們也在周邊巡視……理所當然的，我們也已經將這次的事情告知了他們，和他們互相合作。

——這時，蕾維兒拉了拉我的袖子，於是我轉身過去。

眼前站了一名長得很像朱乃學姊的女子，身上穿的是神社人員的服裝。

原則上對方的長相和名字我都知道，所以我主動向她搭話：

「是朱雀小姐對吧？」

「是的，再次請你多多指教了，兵藤。朱乃和黃龍似乎都受你照顧了。」

我回應了她的握手。

她是朱乃學姊的堂姊。朱乃學姊和她很親近，更以姬島家現任宗主的身分容許朱乃學姊回歸姬島家！

而且百鬼也和她一樣是五大宗家出身，所以她才會提起他們兩個吧。

百鬼曾經在對話當中提及好幾次，那個傢伙表示「朱雀小姐超凶的」。

「好說好說，妳客氣了。」

我如此回答之後，朱雀小姐便看向在稍遠的地方等待的兩個人。

「那兩位是櫛橋青龍，還有童門玄武。兩位都是該家系的現任宗主。」

兩個人分別是戴著眼鏡的型男，還有嬌小又可愛的蘿莉。和我對上眼的時候女生顯得有點害羞，男生則是和善地舉手致意。

朱雀小姐說：

「我們原本是來為朱乃加油的，結果問了鳶雄才聽說了保全工作的事情，所以我們決定也來幫忙。」

啊啊啊啊！他們人也太好了吧！現在又還沒確定死神會來犯！

可是，朱雀小姐說了：

「因為鳶雄說是他的直覺。那個孩子的直覺一年比一年還要準確了，所以我想提防一下也不會有損失。」

朱雀小姐這麼說完，忽然湊過來對我耳語。

（聽說你向朱乃求婚了？）

（是、是的。）

身為堂姊妹，她果然非常關心這件事吧。

朱雀小姐帶著憂心的眼神說了。

（……你要給她幸福喔。我希望那個孩子可以比任何人都還要幸福。因為我們家的上一代宗主……做了很過分的事情。）

正因為她知道那樣的背景、那樣的過去，才會對我說這種話吧。

這讓我了解到她真的非常善良。我覺得她是個好宗主。而且人又美！

「好的。」

我老實這麼回答。朱雀小姐也顯得相當滿意。

又經過幾次交談之後，他們移動到各自的崗位。

現場再次剩下我和蕾維兒兩個人。

我回想起展開保全工作之前和幾瀨先生的對話。

『作戰計畫交由蕾維兒負責擬定可以嗎？』

『可以，交給你們了。我們頂多提一些密探的建議。不過，我們可能會根據狀況變化而在行動時隨機應變就是了。』

對此，蕾維兒點頭表示認同。

『好的，這樣就可以了。我在思考這次配置的時候也是那麼打算。』

這次的配置好像已經考慮到這個了。

蕾維兒站到我身邊，帶著下定決心的表情說了。

「一誠先生，我……我要守護小貓同學和黑歌小姐之戰。這也等同於守護莉雅絲小姐她們的戰鬥……」

蕾維兒視小貓為友人，相當珍惜她。她每次都會陪小貓練習，也在這次的事情當中知道了小貓的過去。

在這一切前提之下，蕾維兒露出英勇的神情。

「我要死守同伴的重要比賽。」

我見到的不是蕾維兒在大會中展現的冷靜面相，而是心中熱潮洶湧的模樣。

「蕾維兒，保護朋友的戰鬥最令人緊張，也是最讓人有成就感的一件事情喔。這是最讓我熱血沸騰的戰鬥之一。」

聽我這麼說，蕾維兒似乎相當感動，整個人不住顫抖。

「保護朋友之戰……好的！小貓同學就由我保護！」

「沒錯，由我們保護。」

正當我們這麼互相宣示彼此的意志時，螢幕上顯示的——

『啊——！戰鬥立刻演變得相當激烈！』

『戈革瑪各選手——和瓦斯科．史特拉達選手正面衝突了！』

是比賽極為熱烈的戰況！

哇啊～我好想認真看史特拉達大人的戰鬥啊……！

不過，我還是在心裡要自己忍耐，而就在這個時候——

對講機傳來夥伴的聲音。

『——確認目標。在會場的西側周邊——』

幾瀨先生的直覺準確到不行。對付死神之戰就此開始——

Life.4 人類的極限與究極邪龍

我——木場祐斗在遊戲開始的同時和瓦斯科·史特拉達大人一起來到前線，準備迎擊想必正在往這裡過來的敵隊選手。

這次的領域，重現了位於冥界的某個都市的一角，在遊戲開始之後便立刻從邊緣開始崩塌。雖然從這裡看不見，不過我透過紀錄影片看過採用這套規則的比賽，可以看見領域一點一點確實地縮小。我想，三十分鐘之後就會變成一半，再過三十分鐘，就只會剩下一小塊領域了吧。

好了，就瓦利隊之前在大會當中的戰鬥方式來說，如果是採用正統規則，都是以隊長瓦利為中心由擅長肉搏戰的選手不斷往前推進，用典型的超攻擊型方式進行比賽。

莉雅絲姊姊也理解這一點，所以才在規則定案的瞬間選擇我和史特拉達大人擔任斥候兼前衛的第一道防線，對付衝出來的敵方前鋒。

他們那招乍看之下可以說是毫無計畫的超攻擊型衝陣，事實上，也是最容易一招表現出隊員特徵的最佳手段。

他們原本就隊員結構來說已經是頂級的陣容了。尤其是瓦利那壓倒性的攻擊力擁有足以擊敗神級選手的力量，用這招就可以從遊戲初期開始便發揮到淋漓盡致，對手如果是弱小的隊伍，瞬間就會消失在淘汰之光當中了吧。

他本身也沒有和實力不足的對手久戰的信條，知道對手不夠格就會毫不客氣消滅對方。心技體兼具，同時連魔力、魔法方面都可以說是才能的結晶，除了神級選手之外，應該沒有多少人能夠阻擋這個歷代最強的白龍皇了吧。

他的隊友們也都合力讓他的實力能夠發揮到最大的極限，同時每個人也都在大會當中享受著戰鬥的樂趣。當然，整支隊伍相當團結，要是有人落入險境，其他人就會全力支援。

在各地大肆搗亂之中培養出來的團隊默契，如今已成為令人害怕的威脅。

而這次，條件也符合他們的戰術。

我和史特拉達大人沿著都市中央的幹線道路奔馳，便看見一個巨大的影子從前方飛來。

仔細一看——是在背上和小腿肚展開噴射口，從空中高速飛過來的戈革瑪各！

史特拉達大人見狀，露出微笑。

「哎呀哎呀，一開始就過來打招呼啦。」

大人從亞空間當中拿出藍色刀身的聖劍——杜蘭朵II。那是教會的鍊金術師專為大人打造出來的最新聖劍。

面對筆直朝我們而來的巨大魔像，大人進入迎擊態勢！

大人對我說：

「以賽亞・木場祐斗啊。我還感覺到其他氣息。你提防那邊吧。首先，我要擊落那架古代武器。」

說完，大人雙腳運勁，當場紮穩馬步。光是這股勁道就讓柏油路面大幅碎裂。然後，憑藉著那股腳力，史特拉達大人直線往空中縱身一躍！

他拿聖劍對著逼近到眼前的戈革瑪各豪邁地橫掃！

隨著一個轟然巨響，戈革瑪各往後方飛了出去！看起來有十米大的古代魔像，居然一劍就被掃飛了！

『啊——！戰鬥立刻演變得相當激烈！』

『戈革瑪各選手——和瓦斯科・史特拉達選手正面衝突了！』

轉播席的聲音都傳到這邊來了。

然而，戈革瑪各在摔進都市區之前從眼睛發射出怪光線！不過，那招也被大人用杜蘭朵II的刀身彈開！

戈革瑪各摔了下來，大人則是在我前面完美落地。

「有破綻啦——！」

隨著這個聲音高速前來的——是駕著觔斗雲發動襲擊的美猴！他靈活地旋轉如意棒，朝著大人衝了過來！

「呵，破綻是吧。」

面對飛來的美猴的攻擊，還來不及喘息的史特拉達大人出拳因應！猛力往前打出的拳頭上，噴出神聖的氣焰！

——聖拳！

美猴巧妙駕馭雲朵閃開從拳頭上發出的氣焰——但大人已經高速衝了出去。受到教會戰士敬重的高齡八十七歲老人，完全捨棄了退卻這件事。

他揮出杜蘭朵Ⅱ迎接攻向自己的當代孫悟空！美猴以如意棒接下那一劍——但劍勢消除了觔斗雲，美猴被迫落地。劍擊勢不可擋，接下攻擊的美猴的立足點隨之崩塌，形成一個小型的隕石坑！

「噗！」接下那凶惡的一擊，美猴因為硬撐住那股力道而禁不住從鼻子噴出鮮血！

「噗咻————！」——隨著如此響亮的聲音從遠方飛來的，是一隻巨大的手！那大概是戈革瑪各的火箭飛拳吧！看那記飛拳的威力大到足以挖開路面！

即使面對這一招，大人也毫不膽怯，踹飛了美猴之後，左手便用盡全力握緊拳頭。巨大的手臂變得更加粗壯，到了不可理喻的地步。

接著他更做出一件並非正常人會做的事情，就是直接對著飛拳打出拳頭！

火箭飛拳和大人的拳頭撞在一起，衝擊隨著爆裂聲傳遍這一帶！

戈革瑪各的火箭飛拳不敵大人的拳勢，往後方飛了出去。

他用一般的拳頭擊落了古代武器的攻擊！簡直非比尋常！這已經超越人類能力所及了！

大人化解了美猴和戈革瑪各一開場便發動的所有攻擊，而且只有甩了甩左手覺得有點痛的樣子。

我整個人只能看得目瞪口呆——

『…………！』

『…………！』

負責轉播的人和負責解說的人，看了大人的戰鬥表現甚至都說不出話來。

這就是瓦斯科・史特拉達大人在大會的出道戰——

接著，轉播員像是洪水氾濫般突然吶喊：

『這場戰鬥的開場簡直不同凡響！瓦斯科・史特拉達選手！教會的暴力裝置！梵蒂岡的除惡殺手！天界的暴行！擁有此等稱號的男人，一個普通的人類，輕描淡寫地擋下了古代武器和孫悟空的攻擊————！』

會場的盛況連我們這邊都感覺得到。

美猴擦了擦鼻血，重新擺好架勢，這時他身邊的空間兀自裂開，從中出現一名劍士——亞瑟。

「哎呀哎呀，美猴。你不是說要和戈革瑪各一起來打招呼嗎，怎麼被幹掉了呢？」

「吵死了！那個老頭超離譜的。我們家爺爺也已經強到很鬼扯了，不過我看這個老頭也差不到哪裡去。」

兩人如此拌嘴。

這時——白銀從天而降。

展開光之翼的白龍皇站到我們面前，已經是白銀鎧甲的狀態了。

瓦利說：

「以前，我曾經和同伴們討論過『最強的人類』是誰。畢竟是自己人，我當然想推舉亞瑟——不過，這種事情想導出結論也沒那麼簡單。」

噬神狼芬里爾也來到他身旁。

以瓦利、芬里爾、美猴、亞瑟、戈革瑪各的陣容從開場便衝上前線。這是他們的標準攻擊手段。

瓦利繼續表示：

「……握有聖王劍的亞瑟、肩負聖槍者——曹操、『黑刃狗神（canis lykaon）』的持有者——幾瀨鳶雄、據說擁有『蒼藍革新的箱庭（innovate clear）』和『終極羯磨（telos karma）』的『初始的黑暗（first dark）』神崎光也，還有——杜蘭朵的前任持有者瓦斯科・史特拉達。」

瓦利問大人：

「既然被莉雅絲・吉蒙里說服了，就表示有足以讓你站在這裡的理由……魔王的妹妹給了你什麼當作參戰的代價啊？」

大人將杜蘭朵插進路面，豪邁地笑了。

「哈、哈、哈，如果是在三大勢力同盟之前，我這次的行動，就是背叛天界吧。」

說著，大人從懷裡拿出一個小瓶。瓶子裡裝著散發出白光的液體。

「——且讓我一開始就使用祕傳的術法吧。藉由這招，我將化為全盛時期的強者。」

那是從瓦雷莉的聖杯湧現的聖水，並且將加斯帕的巴羅爾之力，以及小貓發自仙術的鬥氣貫注於其中而成。聽說調製一劑要耗費三天，是只有我們的隊伍才能製造的祕傳調合物。

史特拉達大人以手指彈開瓶蓋，直接將裡面的東西一飲而盡。

接著大人一把將瓶子捏碎。他的身體立刻產生了變化。全身上下冒出大量的煙霧。

煙霧平息之後，出現在原地的——是變成五十幾歲的模樣的史特拉達大人。從他的肉體竄升的氣焰變得更為猛烈。

透過祕傳術法找回青春的大人。現在的他正是全盛期的模樣。

大人再次拿起杜蘭朵說：

「我的全盛期，並非十幾歲或二十幾歲的時候。」

這句話否定了所有人都有的疑問。大人為了在大會當中使用之前先行測試，在和我們練習的時候，只在隊友們面前展現了其功效。

當時大人談到。

『——所謂的精神，會受到外貌、肉體的強烈牽引。這是我和諸多非人者、異能之士一路戰鬥至今所得到的一個結論。若是回到十幾歲或二十幾歲的肉體，當時的盛氣與稚氣哪怕只有些許也會回到我的身上，導致我鍛鍊至今的心智產生陰霾。那樣可以稱得上是最佳狀態嗎？不惜讓未成熟的部分回到心中也要回到那個戰場上，這樣有意義嗎？』

肉體重返五十多歲的大人說：

『既然如此，不如回到精神和肉體的均衡都被磨練到極限的年齡——對我而言，那個年齡是五十歲，不過就是如此罷了。』

對於能夠改變外貌的惡魔而言，這番話聽起來相當刺耳。我確實聽說過精神會受到年輕的外貌所牽引這回事。因此也有惡魔刻意變為壯年期到中年期的模樣。但同樣有些惡魔反而是為了維持年輕的精神而保持年輕的外貌就是了——

瓦利絲毫不在意，無所畏懼地大膽從正面衝了過來！不僅如此，芬里爾更搶先從他身邊衝了出來！

傳說中的狼舉起爪子，高速揮落！

「噬神狼(芬里爾)啊。以白龍皇和聖王劍的配菜而言算是最好的對手了。」

大人沒有做出太大的動作，只靠身段，就這麼躲過了芬里爾的高速攻擊！芬里爾的利爪、獠牙，一點命中的跡象都沒有！儘管力量遭到封印不比全盛期，那還是傳說中的魔物，即使是身經百戰的高手也無法與之對戰。

然而……大人只靠至今累積起來的經驗就完全躲開，還能夠反過來出拳打在傳說中的魔物臉上！他揍飛了芬里爾！

「喂，我是不是看到幻覺了啊？那個老頭和芬里爾打得不相上下耶！」

對此，美猴也驚訝到眼珠都快蹦出來了。

「呵，有意思！」

這時瓦利也已經趕到，從手上發出極大的白銀氣焰！如果是一般人類，可以說幾乎沒有能夠抵擋這招的方法——然而，大人連躲也不躲，只是在身前架好聖劍。

「強大無比的魔力。在我遇見過的惡魔當中也可以說是數一數二的強大——不過……」

面對瓦利發出的銀白色氣焰攻擊，大人以杜蘭朵Ⅱ正面將其劈開！

等到氣焰消散之後，大人的身影已經不在原地，於是瓦利打算以視線和氣息探索大人的動向，然而——

繞到他背後的大人已經揮出聖劍！瓦利以瞬間的反應轉過頭去，橫向打出帶有魔力的拳頭——但那個大人卻是殘像！

大人咆哮！

「——見識一下唯有鍛鍊才能夠得到的人類的招式與力量吧！」

「唰嘩！」——斬擊的聲響大作！強如瓦利也無法閃躲，中了從旁砍過來的一劍！

「該死的傢伙！如意棒！」

眼見隊長中劍，讓美猴衝出來拿著如意棒一陣揮擊！就連這些攻擊大人也只靠扭身便全數躲開，讓美猴一臉苦不堪言。

美猴拔下頭髮，並且從嘴裡用力噴氣吹散那些毛髮！經他這麼一吹，飛出來的頭髮逐漸變大，塑造出某種形體！

仔細一看，現場出現了無數長得和美猴一模一樣的分身！是孫悟空經常用的那招使用頭髮的分身之術。

「大夥上！分身們，去吧——！」

美猴和無數的分身一起拿著如意棒，直朝大人衝去！

「——那是你的祖宗的招式。而且，你這招未及孫悟空的境界。」

大人一邊這麼說，一邊以手上的聖劍輕而易舉地葬送那些分身。就連分身的攻擊也不見命中的跡象。即使命中了，大人也完全不放在心上。

「那麼，這招又怎樣啊！」

分身大軍兵分二路，一邊伸長如意棒，另一邊將如意棒巨大化！他們打算以伸長的棍棒和巨大的棍棒同時攻擊！

「——不過是臨陣磨槍。」

如此斷定的大人，將那些攻擊全都以脹至極大的杜蘭朵的神聖氣焰擊潰——而且只出了僅僅一招！

大人瞬間拉近和美猴的間距，朝他的臉上出拳！被擊飛的美猴往後飛得老遠！美猴的背部撞在路邊的車子上，當場不支倒地。

「咕呼！……這、這個老頭，怎麼會強成這樣啊……！」

儘管從嘴裡吐出血，美猴還是站了起來。

瓦利再次開始行動。看來瓦利受到的傷害並不嚴重，儘管鎧甲遭到破壞，他還是重新擺好架式，從極近距離發射魔力砲擊！大人只用些許的動作便躲過砲擊。瓦利那一砲在被躲過之後，大舉破壞了遠方的大樓群！

然而，瓦利的身影立刻高速消失。他用足以稱為神速的速度在大人身邊不住移動，但大人毫不退縮，只是露出無畏的笑容。

「逮到了。」

說著，瓦利試圖從背後發動攻擊——但大人早已察覺到他的動作。

大人再次製造出殘像，反過來跳到瓦利身後去！

「越是以為逮到了對手背後的破綻，自己的破綻就越大。」

——然而，瓦利也瞬間從原地退開，閃躲攻擊。

「不愧是白龍皇。反應速度真快——不過，太天真了。」

大人在杜蘭朵上面凝聚了龐大的氣焰！氣焰的量大到令我不寒而慄！

瞄準大大拉開距離的瓦利，大人以杜蘭朵出招了！

巨大的神聖氣焰，將道路、停在路邊的眾多車輛、建築物、風景全數破壞，高速逼近瓦利！

瓦利好不容易避開攻擊，但被他躲過的神聖氣焰絲毫沒有減弱，往領域前方飛射而去，破壞途中的一切！

大概是終於飛到領域的邊緣了吧，神聖氣焰撞上包圍著領域的看不見的牆壁，劇烈震盪了整個領域，足見其威力之強。

大人說：

「我的杜蘭朵，可及數公里之遙。」

……換句話說，對於大人而言，這整個領域都在他的攻擊範圍之內。

就連重整態勢之後又逼近這邊的戈革瑪各，也被大人從遠方發出的神聖氣焰再次擊飛到遙遠的後方！

終於，被大人近身的瓦利，讓大人擊中他了。

「咚叩！」——隨著這麼一個悶響，史特拉達大人的拳頭破壞了瓦利的鎧甲，深深陷進他的腹部！

「————！」

顯得困惑不已的瓦利儘管受了傷，還是暫時往後方退開，然而卻遭到發自杜蘭朵的神聖氣焰追擊。

瓦利交叉雙臂，擺出防禦架勢——

但盛大的爆裂聲響起，瓦利的手甲——不只手甲，整副鎧甲的所有部位都因為剛才的攻擊而潰散！

雖然擋下了神聖氣焰，但瓦利的手臂似乎因而麻痺，劇烈地顫抖著。鮮血也從他的嘴角流出。

史特拉達大人說：

「白銀鎧甲，不及現在的我。」

「……這個型態好歹也打倒過神級選手喔。真是夠了，你真的是人類嗎？難怪亞瑟會對你表示敬畏。要是冒出一群你的信眾大概也不足為奇吧。」

大人對出言表示敬畏的瓦利說：

「相較於上一個世代，現在我們能夠得到紀錄了非人者陣營動態的影片。如果是從前，上級以上的惡魔或超自然生物留下來的紀錄都只有傳聞或傳承，面對他們的時候幾乎無從準備。既然留有戰鬥狀況的影片，無論對手是天龍還是任何人，這都是最棒的情報。剩下的只要實際在戰場上親身感覺對手的氣焰就可以了。」

……眼前這是不是幻覺啊？

在任何勢力當中，瓦利隊的實力都可以列入頂尖等級，而面對其隊長瓦利、美猴、芬里爾、戈革瑪各，不但毫髮無傷，還打倒了他們。

光是強悍還不足以形容的力量化身——

人類的極限——瓦斯科．史特拉達……原來人類可以強到這種地步嗎！

那個瓦利滿臉是汗。

「竟然強到這種地步啊，瓦斯科．史特拉達。」

就在瓦利的眼神浮現認真的跡象時，有人站到他身前。

——是亞瑟。

亞瑟握著柯爾布蘭表示：

「請把這裡交給我和美猴。瓦利帶著芬里爾去對付別人吧。快去，莉雅絲・吉蒙里和那隻邪龍大概還在前面等著呢——終於，我能夠和禁得住我和柯爾布蘭的真本事的對手戰鬥了，讓我稍微認真起來吧。」

美猴也表示「快走快走」，催瓦利離開。瓦利順應亞瑟的意思，帶著芬里爾通過現場。

我試圖擋到瓦利前面不讓他得逞，但美猴先擋了過來。

「來嘛，和我打一場吧，型男小弟。」

「……好吧。你和大人玩過了，就順便和我玩玩吧。」

在我和美猴互相對峙時，亞瑟也緩緩走向大人。大人也呼應他的動作一步一步向前走。

來到攻擊可及的距離，兩人露出歡喜的笑容。

簡直就像是一對久別的戀人在此重逢了似的——

「上次那一戰，還真是遺憾啊。」

「是啊，真的很遺憾。不過，你回來了。」

大人用力握住杜蘭朵，五官深邃的臉孔上綻出笑容。

「——既然知道了有你這麼一號人物，我想自己若是無法完全享盡你的實力，恐怕死也不會瞑目——就當作是給我一個禮物，讓我安心上路吧。」

「奉陪到底。」

於是，我對美猴，史特拉達大人對亞瑟之戰就此開始——

—○●○—

另一方面，在領域的東側，身穿大會用巫女服的姬島朱乃以及穿上戰鬥服的凜特．瑟然，正在與當代的豬八戒以及沙悟淨，還有勒菲．潘德拉岡對峙。

位於領域東側的，是一個廣大的公園。在一處人工打造出高低差的瀑布附近，朱乃與豬八戒、凜特與沙悟淨雙雙正面對峙，而勒菲．潘德拉岡正在後方一步之處展開魔法陣。

朱乃知道，對方是兩名前鋒配上一名後衛。

她的對手，當代的豬八戒是一名擁有豬的頭部與身體特徵的人型妖怪，外型大致上和傳承當中的一樣，手上拿著狀似耙子，有著九根尖齒的武器——釘耙。

「美女，雖然我是豬，不過還請妳手下留情。」

……之前就聽說過當代的豬八戒很有意思，不過這也太……朱乃在心中這麼想。

朱乃迅速展開墮天使的羽翼，在天上變出雷雲，然後直接對豬八戒發出雷光！

豬八戒的外貌雖然痴肥，卻以輕快的步伐躲過雷光，一舉拉近了距離。看來他知道朱乃不太擅長肉搏戰。

不過，朱乃也能夠以魔法展開防禦魔法陣。她以魔法陣將豬八戒的武器亂打全都擋下。

接著豬八戒換了一招，吸了一大口氣，使腹部膨脹到巨大的尺寸——然後一舉從口中吐出火焰！火力相當龐大！要是毫無防備地中招恐怕無法全身而退！

朱乃當場起飛，試圖躲到空中，但豬八戒持續吐著火，轉動頭部朝上，改變攻擊角度。

「雷光啊！」

朱乃再次點亮雷光，抵銷了豬八戒的火焰，更往地上追加了好幾發雷光。

豬八戒也一一閃躲，但終於還是中了一發。

雷光令目標劇烈觸電，將目標燃燒殆盡。就連附近也被雷光的餘波燒焦了一整片。

妖怪同樣對光沒有抵抗力。剛才那應該是近乎必殺的一擊。

朱乃也感覺到應該得手了——

然而儘管全身上下冒著黑煙，豬八戒卻還留在原地。雖然渾身焦黑，但似乎還能動。

豬八戒暫時沉默了一下，然後輕聲開了口：

「…………好爽。」

他露出恍惚的表情，嘴裡冒出這兩個字。

朱乃在感到狐疑之餘，心中閃過一個「難不成……」的念頭。

之後兩人再次展開激烈的攻防戰，而當朱乃的魔力攻擊命中時，當代的豬八戒終於放聲喊叫：

「噗嘰——————！好、好爽啊啊啊——————啊啊啊——————啊啊啊啊啊啊啊啊啊啊——————！」

那是喜悅的尖叫——

這時，一項情報浮現在朱乃腦中。

已經和她互許終生的，她最愛的男人——兵藤一誠曾經說過這種話：

『這麼說來，瓦利隊的豬八戒啊，是一個個性悲觀的受虐狂呢。』

朱乃回想起她親愛的老公確實這麼說過。

她原本以為那番話是半開玩笑，但是當她的雷光再次打在豬八戒身上，豬八戒更帶著愉悅的表情吶喊：

「啊啊啊啊啊啊啊啊啊！請、請施捨慈悲給我這隻欠人虐的豬玀吧——————！女王陛下——————！」

她確實傷害了對手，但感覺越是傷害對方，對手的情緒變越是亢奮，體能也跟著增強。

換句話說，每當朱乃的攻擊命中對手，對手的狀況就會越來越好。

即使是有ＳＭ傾向的朱乃，面對這個狀況也感到困惑。而且對手的體力似乎高到不像話。落在他身上的攻擊無論質量還是數量都相當龐大，但他到現在還是活蹦亂跳的，感覺體力在瓦利隊當中也是出類拔萃的高。

朱乃嘆了口氣。

「還真是大意不得呢。畢竟對手是白龍皇隊的一員，也是當代的豬八戒先生嘛。」

無可奈何之下，朱乃將雷光凝聚為龍形，進入雷光龍的攻擊態勢。

——這時，魔法師勒菲帶著腳邊的魔法陣一起步行移動過來了。

她站到豬八戒身旁，以法杖指著朱乃。

「那麼，我也來當妳的對手！」

「哎呀哎呀，勒菲——我不會放水喔。」

聽了朱乃這番話，勒菲不以為意地笑了。

「那當然了！」

構圖變成了朱乃對上豬八戒加勒菲。

在稍遠的地方，凜特右手拿著紫炎之劍，左手拿著教會特製的手槍，對上手持裝有半月型刀刃的手杖，髮色朱紅的女生——當代的沙悟淨，戰得正激烈。

凜特的對手沙悟淨，聽說還是個國中生。她似乎擅長操縱水，正好這裡又是水邊，她從有一段高低差的瀑布取水操控，形成無數的球狀水彈，朝凜特發射過去。

凜特從手槍裡射出紫色的火焰子彈，抵銷那些水球。

「砰砰！砰砰！」

凜特一面從嘴裡發出槍聲，一面抵擋沙悟淨的水之術。她手上那把是特製的手槍，能夠將自己的神器的力量化為子彈。

凜特的動作非常快，快到足以緊追在木場祐斗之後。但是，她的技巧不如木場祐斗般卓越，因此動作當中略有偏差。

而她以野性的動作彌補這樣的缺點。

她以看似新體操的動作扭轉肢體，閃躲對手的攻擊，並且以不尋常的姿勢出劍、開槍。

由於攻擊會從對手無法預料的地方延伸而至，大部分的人都無法閃躲……但嬌小的當代沙悟淨卻完美地躲過。

看來她能待在瓦利隊並非沒有道理。

「妖怪小妹，妳很厲害嘛。」

「我、我叫沙悟淨！請多指教！」

當兩人在戰鬥的同時如此對話的時候。

凜特這麼說了。

「啊，我記得那在日本是出名的河童妖怪對吧？」

「——！」

聽見這句話之後，沙悟淨暫時停止攻擊，渾身不住顫抖。

「…………我……」

「妳？」

凜特歪著頭反問，而沙悟淨把臉頰鼓到不能再鼓，淚眼汪汪地大發雷霆。

「我才不是河童！原本的沙悟淨是住在河裡的妖仙！」

水邊的水大量湧上空中！光是發怒就能夠操縱那麼大量的水……看來她的潛在能力很高。

「哦喲喲，看來我踩到了妳的地雷是吧？」

儘管嘴上這麼說，但她一點也沒有退縮的跡象。

「那麼，我也該稍微開啟認真模式嘍。」

她的身體——散發出耀眼的光芒。下一秒，她的背上已經長出三對天使的羽翼，頭上也冒出閃閃發亮的光環。

沒錯——她是轉生天使。羽翼的顏色不是白色，而是耀眼的銀色——

凜特身上竄出絕大的紫色火焰。

「好了，我們來場火和水的對決吧。」

操縱水的沙悟淨也不甘示弱。

「我不會輸的！」

她如此吶喊之後，再次開始攻擊——

領域東側的戰鬥同樣越演越烈！

—○●○—

換個地方，場景來到遊戲領域的西南側，穿上大會用服裝的莉雅絲·吉蒙里已經準備好迎擊急速接近的瓦利·路西法。

位於西南側的是密集的高樓大廈。莉雅絲帶著加斯帕和瓦雷莉，還有克隆·庫瓦赫，一點一點北上。

莉雅絲站在建造中的摩天大樓的頂端。裸露在外的鋼骨、塔式吊車。莉雅絲從大樓上面看向瓦利的氣息傳來的方向。

他大概再過不久就會抵達這裡了吧。既然如此，躲起來也只是不識趣。

難得有個以都會區為舞台的領域，鬧區有無數的店家，她大可以藏身於其中一間，想躲的話要多少方法都有，但那只限於對手沒有超廣域攻擊的狀況。

面對瓦利這類能夠靠超強攻擊力將整片風景化為無形的對手，像這種利用領域的戰術完全沒有意義。

既然如此，莉雅絲心想，不如別躲躲藏藏的，一開始就好整以暇地等待對手便是。

加斯帕在她身旁待命，瓦雷莉則留在隔壁大樓的高樓層處，待在許多房間之中的一間。

身為後衛攻擊手的克隆・庫瓦赫站在塔式吊車的前端，閉目等待那個時刻來臨。他所期待的對手，想必只有一個人吧。

莉雅絲問加斯帕：

「加斯帕，情況如何？」

加斯帕將自己的蝙蝠派到領域的全境，觀看在各地發生的戰鬥。

眼睛閃著紅光的加斯帕這麼說：

「是的，看來小貓已經順利在領域西側碰上黑歌姊姊了。她們雙方都會用仙術，所以成功鎖定了對方的位置。」

莉雅絲在這場遊戲當中最重視的要點之一，包括小貓與黑歌之戰。瓦利那邊似乎也察覺到這一點，才派黑歌一個人前往該處。

關於戰術和戰略這種東西，瓦利只做了最低限度的準備。這並不是因為他面對戰鬥的時候毫不思考，而是為了避免束縛隊友們的行動，讓他們能各自發揮自己的力量到最大極限。當然，需要團隊合作的時候，他們也會互相協助。

正因為是這樣的一支隊伍，重視個人意志的傾向也相當強烈。這一方面是因為隊長本身的第一優先是和想與之一戰的對手戰鬥，但瓦利為夥伴們著想的個性也是原因之一。

這次的戰鬥，對於小貓的心智狀態，還有觀望今後的成長等層面而言都是非常重要的一件事。

希望小貓能夠超越過去的自己，超越當時令她感到恐懼的黑歌，這是同時也扮演著姊姊角色的莉雅絲的期望。

「……這樣啊，這樣一來，這場比賽的要點之一姑且算是完成了——再來……」

莉雅絲的視線移往空中。不久之後，一道銀白色從視線前方高速飛來——

瓦利．路西法已經來到莉雅絲的眼前。

「就是和你一決勝負了，瓦利。」

「呵，沒想到妳會用邪龍保護『國王』。」

瓦利的視線，指向身在塔式吊車前端的克隆。克隆也一樣，在瓦利現身之後早已從全身上下散發出濃密的氣焰。

莉雅絲看著鬥志高昂的克隆說：

「因為我請他在大會中負責一誠的工作嘛。好了，克隆——我會信守承諾。你就負責對付瓦利吧。還是說他不夠格啊？」

克隆展開龍翼，從前端起飛。

開始和瓦利互瞪的克隆露出真心感到高興的笑容說：

「呵呵呵，不，這樣就夠了。我就是想做這種事情，才參加了這場名為大會的兒戲。」

瓦利也呼應對手的狀態，令氣焰從全身上下噴發。兩者之間的空間，因為雙方震撼力十足的氣焰而開始產生扭曲。

已經沒有辦法阻止這兩個人了。因為，他們兩個已經找到在這個領域當中能夠讓自己使盡全力的對手。

龍與龍的決鬥已然開始——

「你升變了嗎？」

莉雅絲問即將開戰的克隆。

「不，我要憑原本的實力上陣。」

以這套規則而言，由於領域會從邊緣逐漸崩塌，因此不需要前往對手的陣地再行升變，只需要「國王」的承認動作便可讓「士兵」升變。

所以，一開始就讓「士兵」升變再派上前線才是標準戰法，也因此一般都說這是短期決戰的規則。

對方的「士兵」美猴大概已經升變了吧。

然而，他（克隆）拒絕了升變。這確實很像他的作風。

既然瓦利有克隆負責，莉雅絲看向附近大樓的樓頂，找到了佇立在那裡的那個東西。

那就是瞪著她看的噬神狼。

無論怎麼看，那隻魔獸的目標都是自己吧。

去年——他們和瓦利隊同心協力，好不容易才由瓦利他們以封印的形式鎮壓了那隻傳說中的魔獸。

無論是前龍王坦尼，還是一誠，或是瓦利，都無法和這隻狼正面對決。儘管力量已經遭到封印，依照正常方式戰鬥必定也會陷入苦戰——不對，大概毫無勝算吧。

不過，她並沒有一個人面對的意思。

莉雅絲對待命的加斯帕說：

「……加斯帕，我和你的對手是芬里爾——你可以吧？」

「沒問題。」

原本那麼懦弱的吸血鬼少年——在眾多夥伴們的栽培之下變強了。

身心皆是——

加斯帕的體表蓋上一層黑色的氣焰，改變了他的身體。

他變成了一隻擁有巴羅爾之力，外型酷似龍族的巨大生物。

『無論要面對什麼，只要是為了妳，我都只會打倒對手——無論是天龍，還是神祇。』

「這樣才是吉蒙里家的男人！」

加斯帕當場飛了出去，而莉雅絲也緊追在後，一起攻向芬里爾！

一旁——在聳立著無數高樓大廈的街區上空，瓦利和克隆之戰即將開始。

克隆身上散發出夾雜著金色與暗黑的絕大氣焰，對瓦利開了口：

「多說無益——展現你的真本事給我看吧，天龍啊。白龍皇啊。瓦利．路西法啊！」

克隆出招了！他從正面毫不猶豫地以最短的手段朝瓦力衝了過去！他的右臂化為巨大的龍臂，對準瓦利直線打了出去！拳頭上面帶著濃密到離譜的氣焰！

瓦利的閃躲動作並不大，只靠些許的行動就躲過那一拳。

在他躲過之後，克隆的拳頭的餘波，在前方的大樓上開了個大洞。而且不只一棟大樓，在後方一排的大樓上，甚至是在更往後一排的大樓上，在好幾排大樓上都留下了大洞！

光是一拳就有此等威力的克隆，其破壞力未曾停歇，就在空中展開了肉搏戰！

克隆對瓦利高速打出拳頭、踢腿、肘擊、膝撞，甚至是頭搥！

克隆以肉眼無法完全掌握的速度打出了一連串非比尋常的攻擊！儘管只是單純的拳打腳

踢，但即使是最上級惡魔——不對，就算是魔王級的對手，要是正面中招也會受傷。

每打出一招，空中便劇烈震動，大氣也隨之動蕩！攻擊被躲過之後，餘波衝擊了周圍的大樓、地面、各式各樣的建築物，將一切毫不留情地破壞殆盡！

瓦利沒有攻擊，只是一味閃躲。他並不是無法反擊，而是刻意只顧著閃躲。

克隆對只是閃躲的瓦利笑了。

「閃躲我的攻擊有那麼好玩嗎！」

瓦利說：

「這可是號稱最強的邪龍的攻擊。我想先看過你所有的攻擊當前菜。」

克隆暫時退到後方，整個人因戰意而不住顫抖。

「像你那種銀白色的美麗龍族，對上我這種被拱為死亡與戰鬥之主宰的邪龍……此戰真是值得自豪的狀況啊。不枉我生為邪龍！」

然後他再次展開攻擊。

這次瓦利也施展了魔力砲擊。這是他最擅長的攻擊手段。他不斷發射帶有絕大魔力的攻擊，數量多到數也數不清。

一如克隆的拳打腳踢，要是正面中招的話，實力不足的對手可抵擋不了。

然而，克隆卻以拳頭擊落了那些砲擊！被拳頭彈開，改變了彈道的氣焰砲擊打進周圍的建築物裡面，引發大規模崩塌。

克隆用力鼓起腹部！下一秒，他吐出了足以籠罩這一帶整片天空的火焰！熱能大到隔了一段距離的莉雅絲也感覺得到高溫！

瓦利往前伸出手，在手上灌注力量！

『Compression Divider!!!!』

這是連最上級死神都能夠壓縮到消失的，瓦利的密技之一。

他大概打算用那招消除克隆的火焰吧。

火焰被白龍皇之力壓制住，規模也慢慢地越來越小——就在眾人這麼以為的時候！

「啪咻！」——隨著這個震盪空氣的聲響，火焰又變回了原本的大小！

對此，不僅瓦利，連在一旁觀望的莉雅絲也為之驚愕！

——克隆的火焰，超越了瓦利的招式！

無法壓縮的極大火焰，包圍了瓦利！

克隆並未就此停歇，自己也衝進火焰當中，找到正苦於高熱的瓦利——當場以肉搏戰開始不斷狂打！

在火焰當中還得遭受拳打腳踢的亂打，瓦利大概也受不了吧。

「喝！」

瓦利從全身發出銀白色的氣焰，吹散了克隆的火焰！然而，克隆完全不以為意，繼續對瓦利出拳。

瓦利的白銀鎧甲已經因為熱度而開始融解，在亂拳之下更逐漸遭到破壞。

認定正面攻擊對克隆有利，瓦利在極近距離之下對他的臉部施展魔力攻擊，然後試圖趁隙拉開距離。

——然而，正當瓦利打算往後飛走的時候，手臂卻被克隆抓住！

儘管被魔力攻擊正面打臉而受到傷害，克隆卻完全沒有退縮，更不讓瓦利退開。

在已經碎裂的面罩底下可以看見瓦利的表情，是因為目睹被魔力攻擊打臉卻退也不退的克隆而感到驚愕。

反觀克隆只是露出狂喜的笑容。

面對被他抓住的瓦利，克隆以變為龍臂的巨大手臂發動犀利的攻擊！

無從閃躲的瓦利毫無防備地中了這一招，朝正面的大樓飛了出去！

眼見被打飛的瓦利在好幾棟大樓上開了洞，莉雅絲也不禁屏息。

——難道他打算只靠物理攻擊一面倒地打倒最強的白龍皇嗎！

然而，瓦利也不是省油的燈。

他立刻從倒塌的大樓當中飛了出來，回到克隆的眼前。

但是，他的模樣——已經是遍體鱗傷了。呼吸用力到肩膀也跟著上下起伏的瓦利，觀眾們恐怕也是第一次見到吧。

『……好強！太強了吧，黑先生！不對，是克隆・庫瓦赫選手！傳說中的邪龍，將號稱歷代最強的瓦利選手完全封殺！而且使用的手段只有普通的肉搏戰、氣焰攻擊，以及火焰等等龍族的標準能力！』

正如轉播員的這番吶喊，克隆愛用的都是龍族的標準攻擊方式。毆打、施放氣焰、噴吐火焰。他一直以來所追求的就只有這些。追求至今的結果，便是這個狀況。

天龍，歷代最強的白龍皇，魔王路西法的子孫，就這樣被他壓著打。

瓦利大概領悟到憑白銀鎧甲打不贏這一戰了吧。沒錯，這個狀態對上克隆是力不從心。

——因為，邪龍克隆・庫瓦赫是一隻就連半吊子的神祇也打不贏的龍族。

儘管鮮血從額頭上流下，瓦利依然狂妄地笑了。這證明他打從心底享受著這一切。

他也同樣露出狂喜的笑容。

瓦利渾身顫抖般的說了：

「我知道，你和阿日・達哈卡都是高傲的龍。能夠和你戰鬥讓我感到驕傲。」

瓦利完成鎧甲的修復之後，渾身散發出寂靜的氣焰。

然後，他開始詠唱蘊含力量的咒文！

「寄宿於吾之無垢白龍啊，甚而降伏霸之理吧——」

白銀鎧甲上多出黑色的樣貌。

『吾所寄宿之白銀明星啊，登上黎明之王位吧——』

「——濡羽色之無限之神啊。」

『——玄玄然之惡魔之父啊。』

瓦利背上長出六對漆黑的翅膀。鎧甲到處變成了銳角，形成有機物般的輪廓。

瓦利和阿爾比恩的聲音重疊在一起。

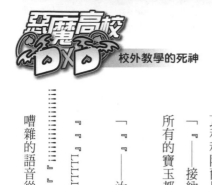

「『——接納吾等超克窮極之誡吧。』」

所有的寶玉都顯示出代表路西法的紋章，散發出更加劇烈的光芒！

「『『——汝，玲瓏然於吾等之燿中跪地拜倒吧！』』」

『『『LLLLLLLLLLLLLLLLLLLLLLLLLLLLLLLLLLLLLLLLLLLLLLLLLLLLLLLLLLLLucifer!!!!!!!!!!!!!!!!!!!』』』

嘈雜的語音從寶玉當中傳出。

接著，那個語音再次轟然響起！

『『『Dragon Lucifer Drive!!!!!!!!』』』

出現在那裡的，是背上長出六對路西法之翼，身穿以白銀與漆黑為基調的鎧甲，美麗的新白龍皇——

鎧甲上多出有機物般的樣貌，化為流麗的外觀。

……身在近處，讓莉雅絲再次深切體會到。

氣焰的質性足以令人害怕——身上的氣焰的質量更是大到已經可以稱為超越者也不為過了。比起白銀的狀態，氣焰的質與量都躍升了不少。

散發出路西法之燿的瓦利，發揮神速從現場消失。那已經完全無法以肉眼捕捉，憑氣息也難以完全察覺，是超乎常理的速度！

但是，克隆毫不畏縮，自然而然地將拳頭往旁邊打出去。

「砰！」隨著一個清脆的聲響，拳頭命中了瓦利！

克隆並未以肉眼捕捉，看起來也不像是察覺到氣息才行動。

瓦利瞬間踉蹌了一下，但立刻調整心態，再次以神速開始行動，憑著看不見的速度發出路西法之燿！

克隆在原地動也不動，毫不防備地正面迎接路西法之燿，更因受到轟炸而噴得四周滿地都是鮮血，卻還是往頭上高高打出拳頭！

「砰！」──克隆的拳頭命中飛到他頭上來的瓦利的腹部，連同鎧甲一起打碎！

「咳呼！」

瓦利從面罩吐出鮮血。

他立刻做出反應，拉開距離，但克隆不以為意，拉近距離出拳！

克隆亂拳落在瓦利身上的同時對他說了。

「你真快啊。氣焰的質性也改變了。要是毫無防備地不斷接招，我也會有危險吧。」

將氣焰灌注在手臂上藉以防禦的同時，瓦利問：

「……沒想到你的攻擊能夠命中我。你看得到嗎？」

「不，看不到。也無法完全躲過你的氣焰。」

「那麼，你為什麼打得中我？」

克隆以理所當然的語氣說了。

「直覺。」

──！雖然這個答案實在太過隨便，但既然是這隻龍所說想必是實話，他也只能接受事實大概就是如此了。

他──憑藉著至今經歷過的無數戰鬥當中培養出來的直覺，以及與生俱來的野生直覺，兩者加在一起，判斷出瓦利的攻擊。

掌管戰鬥的龍，真是形容得太貼切了。他將這個稱號體現到淋漓盡致。

過度特化在戰鬥這唯一一件事情上面的龍──

那就是究極邪龍，克隆・庫瓦赫了──

就連魔王化的鎧甲也遭到粉碎，瓦利暫時拉開距離，詢問他的搭檔。

「阿爾比恩，以你的目測回答我就可以了。你認為那個傢伙和我的差別如何？」

『論招式和術法，還有速度的話是你占上風。但是，攻擊和防禦都是對方比較有利。論單純的破壞力，是克隆・庫瓦赫比較強。』

「我想也是。那個傢伙的一擊甚至在兵藤一誠龍神化的攻擊之上。」

『是啊，這隻邪龍……完全比生前的我和德萊格還要強。』

「只用近距離戰和氣焰及火焰……是吧。光用這些就可以和我一戰了啊。」

『沒錯，他只靠拳頭和氣焰及火焰這些龍族的普通攻擊一直把你壓著打。』

「……哈哈！好個令我興奮到不行的狀況啊……！」

瓦利發出充滿戰意的狂喜笑聲。

他應該藉此確實認知到一件事情了才對。今天，眼前出現了能夠將自己徹底打倒的對手。不像之前的那些比賽，這次沒有必定到來的勝利。

克隆再次鼓起腹部，吐出極大的火焰！熱能比剛才還要高！

瓦利拍動六對翅膀飛了出去！光是振翅就大幅破壞了周圍的大樓。

他往前伸出手，灌注氣焰！

『『『LLLLLLLLLLLLLLLLLLLLLLLLLLLLLLLLLLLLLLLLLLLLLLL!!!!!!!!!!!!!!!』』』

有如錯誤警告聲的聲響從瓦利的寶玉當中傳出。

『『『Satan Compression Divider!!!!!』』』

混雜著白銀與漆黑的絕對之燿的氣焰，瞬間便將克隆吐出的火焰壓縮再壓縮，使得火焰從這一帶消失。

白銀形態辦不到的事情，魔王化就辦得到了。

同時，瓦利從六對翅膀製造出一誠擁有的那種看似飛龍（wyvern）的東西，朝克隆射出！

克隆毫不留情地以拳頭破壞了那些，但其中一隻使用了能力。

『Half Dimension!!』

看來那種小飛龍也能夠使出瓦利所用的壓縮領域。

那怕只有一瞬間也好，只要能夠用這招限制克隆的行動——

然而，克隆完全不以為意，動作在那個領域當中依然沒有改變，試圖拉近自己和瓦利的距離。這時又飛來好幾隻飛龍——

『Half Dimension!!』

『Half Dimension!!』

『Half Dimension!!』

一層又一層施加壓縮領域。如此一來，克隆的身體、動作終於變得沉重……但他依然咬緊牙關，並未停止行動！

飛龍跟著在空中移動的克隆不斷使用能力，但邪龍儘管從緊咬的嘴角流出血——卻還是打出拳頭，一隻又一隻地破壞了飛龍！好驚人的執念！好驚人的實力！

瓦利見狀也發出驚愕之聲表示：「竟然還能動！」

不假思索的瓦利從手上發出絕對的魔屬氣焰，但克隆躲也不躲，從正面高速飛來！直線衝過來的克隆中了路西法之燿，在空中造成了大爆炸。

從爆炸的煙塵當中飛出來的克隆，朝瓦利直線打出拳頭！並且在近距離吐出火焰彈加以追擊！

事到如今，他還是只用近距離戰，以及火焰攻擊。

拳頭破壞了瓦利的頭盔，火焰更一舉燒掉了他右側的六翼。

瓦利毫不畏縮地朝克隆的腹部直接發出魔之燿！盛大的爆炸隨之而起，瓦利接著飛離現場拉開距離。

爆炸平息之後，出現在原處的是全身上下不斷流出鮮血的克隆。

——然而，他的戰意完全沒有變淡。反而還逐漸高漲。

看見一點也沒有變淡的氣焰，瓦利也只能笑了。

「邪龍克隆．庫瓦赫，能夠和你戰鬥，我要感謝龍神——吾乃明星之白龍皇，瓦利．路西法。不知道比賽會變成怎樣，不過我發誓將和你展開死鬥，直到比賽結束的那一刻。」

這是龍族的公開宣戰——

克隆也報上名號。

「吾乃『新月暗黑龍（crescent circle dragon）』克隆．庫瓦赫。在此接受明星之白龍皇瓦利．路西法的宣言——龍的決鬥不需要任何理由。只要有尊嚴和拳頭還有戰鬥的意志就可以了。這樣就足夠了。這樣就足以讓我戰鬥。」

沒錯，龍族（男人）們大概不應該講求理由吧。那是身為女人的莉雅絲無法理解的領域，但強悍的男人與強悍的男人一旦相遇了就只有一戰，唯有這件事她很清楚。

——戰士（男人）是會為強悍的戰士（男人）著迷的生物。

在查探瓦利與克隆之戰的狀況的同時，莉雅絲和加斯帕依然持續和芬里爾交戰。

莉雅絲射出毀滅魔力，加斯帕也派出跟隨著他的黑暗野獸，但芬里爾在大樓之間高速行動，一下子蹬牆跳，跳出去之後又在正面大樓的牆壁上蹬了一下，不斷閃躲兩人的攻擊。

莉雅絲和加斯帕的攻擊接連落空，打進大樓引發崩塌。

芬里爾以神速朝加斯帕衝刺，化為一支閃光之箭，扯斷加斯帕的右臂。

加斯帕立刻讓手臂長了回來，但芬里爾的動作實在太快，只能任憑牠玩弄。

而且對手擁有號稱弒神的特殊利爪及獠牙，遭到攻擊必定形成致命傷。攻擊莉雅絲的時候有加斯帕派出黑暗野獸當肉盾，所以勉強能夠逃過一劫，但只要中了一招，狀況就會岌岌可危。

芬里爾暫時停止行動，落在一棟大樓的樓頂，突然開始揚聲咆哮。

「嚎嗷嗷嗷嗷嗷——嗷喔——喔喔……！」

充滿穿透力的清亮狼嚎在密集的大樓之間迴蕩。

瞬間，一陣灰色的氣焰籠罩住噬神狼，改變牠的形體——

氣焰消逝之後，出現在原地的是一隻長達十米的大狼。

芬里爾解放了牠的力量！直到現在的這一刻為止，牠都沒有在任何比賽當中展現過這個型態！

沒想到瓦利他們已經讓牠恢復到能夠變回原樣的狀態了……即使變回這個模樣，芬里爾依然展現出想繼續戰鬥的意志。洛基的束縛已經完全解開，牠卻依然受到瓦利他們的支配。

不，芬里爾大概已經認定他們是同伴，憑著自己的意志在行動了吧。

這個狀態的芬里爾非常不妙。因為瓦利將這匹狼放在「皇后」的位置，就表示那隻魔物夠資格。

他當時唯一不敵的傳奇魔物——

據稱，其爪牙具備毀滅神祇的絕對力量。是瓦利得來專門對付神級對手的必殺戰力。

然而，掌管毀滅的不只這匹狼。

莉雅絲對加斯帕說：

「——加斯帕，該用那招了。」

『遵命。』

加斯帕站到莉雅絲身邊。

莉雅絲和加斯帕開始詠唱蘊含力量的咒文。

「黑暗啊，永遠的黑暗啊，回應本毀滅的惡魔吧。」

『毀滅的公主啊，消滅的象徵啊，請使用這魔神的黑暗吧。』

加斯帕溶入影子當中，他的影子更與莉雅絲腳邊的影子重疊。

影子開始蠢動，貼上莉雅絲的腳，然後慢慢攀緣而上，擴展至整個身體。

「吾之邪眼啊，邪視的弟弟啊，聚至滅殺的吾身吧。」

『吾主啊，毀滅的姊姊啊，請穿上禁忌之夜與真正的黑暗吧。』

莉雅絲的身體受到黑暗所包覆，製造出新的形態。

出現在那裡的，是狀似人形的漆黑野獸——

然後，莉雅絲與加斯帕，毀滅的姊姊與永暗的弟弟，同時詠唱了最後的一節。

「『為了賜予眼前的敵人絕對的毀滅！』」

周圍遭到暗黑所籠罩。風景化為了一片漆黑。

浮現在中心的，是毀滅的深紅氣焰纏身，身形相當於人類大小的黑暗惡魔——

化為黑暗野獸的莉雅絲說：

『這招的意象是塞拉歐格。像他那樣將身為眷屬的獅子——神滅具化為鎧甲穿到身上。再者，我和一誠的合體技是將他的飛龍化為鎧甲著裝。透過這兩個要素，我們完成了這個姿態。』

化為黑暗野獸的莉雅絲，額頭上睜開了深紅色的第三隻眼。

『——禁夜與真闇之滅殺獸姬（forbidden invade balor the princess），或許可以這麼稱呼吧。』

如果在這次大會當中不斷勝出，莉雅絲得到了一個理所當然的結果，那就是總有一天要和二天龍以及諸神戰鬥。

既然如此，她本身也將需要足以迎擊那些強敵的力量。

——我不想成為只擅長談判的上級惡魔。

我要以自己所擁有的一切戰鬥到最後！

這就是莉雅絲‧吉蒙里針對大會所找到的答案。

變回真面目的芬里爾壓低姿勢，進入備戰狀態。

足以吞噬神的狼，將警戒提升至最高。看來牠以本能了解到莉雅絲和加斯帕的這個型態有多麼危險了吧。

芬里爾高速撲了過來！莉雅絲——額頭上的眼睛一閃，停止了芬里爾的動作！然而，芬里爾立刻從身上發出氣焰解除了這個狀態，再次開始行動，但莉雅絲整個人沉進腳下的影子裡面，從原地消失。

接著，她在芬里爾落在大樓的樓頂之後，才從附近的陰影當中現身。莉雅絲發出毀滅魔力——而且質量大得離譜。魔力當中還有黑暗之力加成，將大樓從樓頂乃至於整棟建築物都加以破壞，攻向芬里爾。

芬里爾在立足之地崩塌前先跳了起來，但是在起跳的瞬間便遭到停止之力攔截。莉雅絲甚至暫停了已經射出的魔力，改變其軌道，硬是朝動彈不得的芬里爾豪邁地轉向飛去。

芬里爾再次以氣焰強制解除了停止狀態，扭身躲過莉雅絲的魔力。

在牠躲過之後，前方整個消失了一大塊。半徑數百公尺規模的範圍內，物質完全消失了。要是正面中了這招，芬里爾也無法全身而退，那匹狼本身也了解到這一點了吧。

莉雅絲甚至可以停止、操縱自己的攻擊。因此，莉雅絲的毀滅魔力即使遭到閃躲，也會強硬地持續攻擊到命中為止。

出現在這裡的，是不同於其兄瑟傑克斯的毀滅化身——這個型態的莉雅絲，力量已超乎魔王級。

這招還在實驗階段，還有很多部分需要去蕪存菁……不過現在不是說那種話的時候了。因為現在必須拿出全力當中的全力才行。

——心愛的一誠。自從我決定在大會當中和你戰鬥的那一刻起，就已經決定要打倒你了。不過，那只是決心的一半。

——另外一半，是為了站在不斷變強的你身旁，而想要能夠和你並肩作戰的力量。我再也不想要被當成絆腳石了——

瓦利對克隆之戰、莉雅絲與加斯帕對真芬里爾之戰，兩者都將越演越烈——

—○●○—

領域的西側——

位於那裡的，是鬧區。走在主要幹道上的是塔城小貓。

來到人車分離時相路口的小貓——白音，心裡想的是姊姊。

從她懂事之後，在她身邊的一直都是姊姊黑歌。

無論是高興的時候，還是難過的時候，任何時候姊姊都在身邊陪著她。

雖然不太記得雙親的事情，但是對於白音而言，黑歌既是姊姊，也形同父母。

雖然是個任性又愛惡作劇又老是亂來的姊姊，但無論是下雨的日子還是下雪的日子，無論是任何時候，姊姊都待在身邊懷抱她，為她取暖。

黑歌出現在路口的前方。

「妳來了啊，白音。」

最愛的姊姊，也讓她面對了貓又可怕的部分。

那個時候，在納貝流士分家的宅邸，姊姊解放力量，殘殺前主人的事件，至今仍是白音心中的恐懼。

即使已經和解了，當時姊姊渾身是血的模樣依然讓她好害怕好害怕……之後又被大人們咄咄相逼，當時那害怕的心情，依然是她無法忘卻的記憶。

……如今，她真的很幸福，再也不會有那種恐懼到來了，但即使她的理智知道是這樣，心情還是揮之不去……

過於孱弱的自己，如果那個時候有更強的力量，就能夠幫助姊姊……說不定姊姊就不需要下那種毒手了——

可是，正因為發生過那樣的事情，才有現在的自己，才能夠遇見莉雅絲・吉蒙里、遇見姬島朱乃、遇見木場祐斗、遇見大家，更遇見了兵藤一誠——

但現在越是幸福，過去的事件留下的疙瘩就變得越大，越是難以去除。

黑歌說：

「那個時候的事情，妳還是無法抹滅對吧。可是，妳想對我宣洩對吧？」

聽姊姊這麼問，妹妹靜靜點了頭。

「……我想超越那個依然弱小的自己。請讓我超越吧。」

面對擺出架勢的白音——塔城小貓，黑歌露出微笑。

「強大又弱小，弱小又強大……真拿妳這個孩子沒辦法。好吧，姊姊陪妳過個幾招就是了喵。」

只有姊妹才能夠拭去的戰鬥同樣也宣告開始了——

Fist and Fangs.

在比賽越演越烈的同時，爆華．坦尼與百鬼勾陳黃龍正在負責保護會場。

他們來到會場附近的公園。

因為，黃龍透過地脈，感覺到危險的氣息。

他們在公園的樹林一角發現了一群身穿長袍的可疑分子。

——是一群死神。

爆華變回巨龍，正面詢問死神。

「幾位看來是冥府的死神。來到此地有何貴幹？報上幾位和主人的名號來吧。」

死神們也不拿出鐮刀，表現得相當冷靜。

死神們開始交談。

『牠是近半年內降伏於那些傢伙的那隻龍。』

『喔，是那隻待在下賤的赤龍帝身邊的龍啊。』

——下賤的赤龍帝。

對於希冀成為「赤龍帝之牙」的爆華而言，那是無法置若罔聞的誹謗。

死神們像是想顧及表面上的禮節，開始自我介紹。

『我們是掌管冥府的黑帝斯大人之忠臣塔納——』

然而，對於爆華而言，再怎麼打招呼都已經沒有意義了。

牠從身上散發出絕大的憤怒氣焰，同時表示：

「你們不需要報名號了。我認為你們應該化為灰燼。」

他們瞧不起兵藤一誠。爆華決定，除了毀滅這些傢伙以外沒有第二條路了。

「別這樣，冷靜一點，爆兄。至少應該問一下他們歸誰管，還有來這裡的目的是什麼比較好。」

說著，黃龍安撫了他的戰友。

「你們來這裡的目的，是在那裡戰鬥的兩位貓又嗎？」

黃龍指著體育場這麼問。

死神們只有雙眸閃現詭異的光芒，並沒有說話。但是，可以感覺得到他們的戰意和敵意都提高了。

黃龍一邊抓了抓後腦勺，一邊嘆了口氣。

「啊——目標果然是塔城和她的姊姊啊。」

其中一名死神說了：

『因此，只要你讓我們通過這裡，我們便饒你一命。』

他們大概覺得黃龍會答應吧。他不是惡魔或天使，而是人類，所以對方心生輕慢，更有自信。

黃龍歪了頭。

「？你們在說什麼啊。我怎麼可能放過你們這些說兵藤學長壞話的傢伙呢？」

冷靜歸冷靜，但黃龍也和爆華一樣，一開始就不打算避戰。

「而且我和塔城是同學。」

在同學面臨危機的時候置之不理，有違黃龍的行事作風。

黃龍和爆華並肩站在一起，解放了氣焰。

「「──在此滅亡吧，臭死神。」」

於是，死神們對上負責警備工作的「燚誠之赤龍帝」隊與「刃狗」隊的戰鬥就此開始。

Absolute Demise. 冰姬

會場附近的開發中區域——

這裡的商店街還在蓋，由於正在比賽而暫時停止施工。

依照蕾維兒．菲尼克斯的作戰計畫，「燚誠之赤龍帝」隊派出潔諾薇亞．夸塔、紫藤伊莉娜、愛西亞．阿基多、愛爾梅希爾德．卡恩斯坦，以及西迪隊的班妮雅在此待命，「刃狗」也留下數名特工在這裡。

成群的死神現身包圍住他們。數量隨便數都超過一百。

看似隊長級的死神向前站出一步。

『——幾位應該是兵藤一誠眷屬……以及冰姬一行人吧。』

對此，「刃狗」隊的皆川夏梅抗議。

「我被歸在一行人裡面了嗎！真是的，不准用一行人帶過我！」

紫藤伊莉娜也呼應了她的發言。

「我也不是眷屬，所以是被歸到一行人裡面了嗎！」

由於兩人的反應很像，「刃狗」隊的鮫島綱生嘆了口氣。

「……她們兩個的反應真的有夠像。」

「當成有兩個伊莉娜的話倒是挺有趣的啦。」

潔諾薇亞倒是覺得兩人的反應很有意思就是了。

雙方開始對峙的同時，寒氣開始在這一帶瀰漫。蓋到一半的建築物逐漸凍結，路面也從邊緣開始結凍。

看向寒氣的中心，只見身穿白色長袍的美女——拉維妮雅．蕾妮，在自己身旁變出冰塊怪物。

六隻眼睛，四條手臂，高達三米的冰之公主——

那就是拉維妮雅的神滅具——「永遠的冰姬（absolute demise）」。由於是獨立具現型，力量會在持有者附近顯現出實體。

皆川夏梅輕聲表示：

「公主今天是一半高興一半暴怒，所以死神也會結凍喔。」

拉維妮雅吐著白煙說：

「我沒辦法去現場看小瓦的比賽。面對妨礙我的樂趣之一的人，我可不會手下留情。」

瞬間，拉維妮雅解放了藍白色的氣焰以及魔法力。

下一秒，半數死神眨眼間就結凍了。周圍已經化為一片冰世界，建築物也是、道路也是，除了同伴以外的一切都結凍了。

隨之而生的厚實冰牆包圍住這一帶，將在場的死神全都圍繞在其中。

皆川夏梅將站在她肩膀上的老鷹變為奇形怪狀的魔物，鮫島綱生也讓白貓變成帶著雷電的巨大怪物。

舉起聖劍的潔諾薇亞與伊莉娜得意地笑了。

「這樣死神就逃不了了是吧。」

「而且損害也不會擴散到周邊，接下來只要將他們一掃而空就可以了，狀況簡單易懂！」

兩名劍士殺進敵陣。

「燚誠之赤龍帝」隊與「刃狗」隊共同展開的掃蕩戰已經展開——

Slash.2 刃狗(slash dog)／墮天的狗神

會場附設的大型停車場——

因為比賽正在進行而無人出沒的這裡，一名散發出來的氣焰格外令人毛骨悚然的死神在此降臨。

幾瀨鳶雄帶著黑狗——刃，一起從大型車輛後面現身。

實力堅強的死神開了口。

『——是狗啊。』

「沒錯，就是狗。」

鳶雄立刻明白了那個死神是聽命於塔納托斯的幹部級死神。因為，籠罩在他全身的氣焰質性顯然和一般的死神有一線之隔。

死神從自己的影子當中拿出大鐮刀，同時說了：

『你的主人阿撒塞勒已經離去，現在你應該沒有必要對那些傢伙講情面了吧？』

「怎麼說我也曾經和他們並肩戰鬥過。作為和你們戰鬥的理由已經足夠了吧？」

鳶雄也從自己的影子裡面變出大鐮刀。無巧不成書，他的武器也是鐮刀。

『足以令你不惜對付神嗎？』

聽了死神的問題，他聳了聳肩。

「我偶爾也會砍神啊。」

鳶雄靈活地旋轉鐮刀，同時這麼說：

「而且看瓦利打得那麼開心，我總不能讓人妨礙他。」

『你要說自己是那個繼承了可恨的路西法之血的白龍皇的親人嗎？少發瘋了。那可是受到詛咒的血統。說不定，他哪天會反過來危害你們呢。』

的確。現在回想起來，那個少年闖過好幾次禍。而且每次都被阿撒塞勒嘮叨個沒完。

「他確實是個老是惡作劇的頑皮小孩。但是……」

鳶雄周圍的影子開始蠢動。影子當中逐漸冒出形狀扭曲的利刃。不知不覺間，附近已經化為長滿無數利刃的世界。

「──我不准你擅自談論瓦利，死神先生。」

死神舉起大鐮刀。莫大的氣焰寄宿於其身。

『你的靈魂，等著被我收割吧。』

「那我反過來問你好了──你有沒有想過自己的靈魂反被收割的可能性呢？」

雙方舉好武器，片刻的寂靜降臨現場。

剎那間——兩人與一隻狗從現場消失，只剩下金屬碰撞聲一次又一次在停車場迴響。

鳶雄留下漆黑的殘像，同時靈活地旋轉大鐮刀，不斷從各種角度對死神揮出鐮刀。

死神試圖以氣焰擊飛鳶雄，但一點也沒有命中的跡象，只是破壞了停在後面的車輛。

那個死神似乎也擅長高速攻擊，慢慢能夠跟上鳶雄的動作了。話雖如此，死神在對付鳶雄的同時，也得處理黑狗的刃才行。

刃在嘴裡叼著一柄散發出不祥氣息的劍，和鳶雄展開完美的搭檔攻勢，以輔助他的攻擊的形式施展攻擊。

對方躲過鳶雄的攻擊，刃的斬擊就會立刻補上。

他們完全沒有會撞上彼此的跡象，是一對默契十足的搭檔——不對，他們像是合二為一，兩次攻擊加在一起才是一個完成的動作。

死神費盡千方百計才拿鐮刀砍中鳶雄，但應該已經中刀的鳶雄卻只是融入黑暗之中罷了。

是分身啊。或者，鳶雄本身就是這片黑暗嗎——死神大概也不知該如何判斷吧。

『那不是人類的動作。他已經潛入神器到那麼深的地方了啊。』

死神如此斷言。

面對攻向自己的黑狗——刃，死神揮出鐮刀，但刃以肉眼無法捕捉的速度穿越斬擊，對死神出劍。死神也往後方跳開暫避其鋒——但似乎沒有完全閃過，長袍被砍出一道口子。

鳶雄認為再久戰下去也沒完沒了，於是為了一鼓作氣分出勝負而開始詠唱咒文——

——沒錯，黑暗的狩獵即將開始。

影子、黑霧、暗黑，各式各樣的黑暗逐漸聚集到幾瀨鳶雄的周圍，自己和身邊的刃身上也開始冒出黑暗。

靜謐、深沉，形同詛咒的咒文從他的口中流瀉而出。

『——為斬生人願啼千回。』

漆黑的霧靄包住鳶雄與黑狗，更擴散到周邊一帶，幾乎要將這個領域全都以黑暗掩蓋。

『——為斬化生願謳萬回。』

他的四肢蓋上暗黑的霧靄，轉變為非人的形體。

『——沉於陰幽黑暗之名，乃移行極夜之虛偽之神是也。』

黑暗沾上鳶雄的肉體，逐漸與之同化——

『——汝等啊，長眠於吾之黑刃之下吧。』

這是在維持人形的同時轉變為非人者的儀式。

『——何其愚昧，異形之創造主（神）啊。』

當幾瀨鳶雄詠唱出最後一節的時候，黑狗的刃發出極具穿透力的嚎叫——

「嚎嗷嗷嗷嗷嗷嗷——嗷喔喔喔喔喔喔喔喔喔喔喔……」

出現在死之神面前的，是披上黑暗外衣，形體似人的刃之偽神——

有著從顎間吐出暗黑的大型「狗」隨侍在側的獵人——

——禁手(balance breaker)，夜天光的亂刃狗神(night celestial slash dogs)。

死神不禁感嘆。

『原來如此……難怪會被當成是超凡的神滅具持有者之一。』

『不，我覺得這一代的神滅具持有者多半都是超凡的強者。』

說著，鳶雄的身影消失了。

死神察覺到氣息，往背後揮出大鐮刀——但那裡只剩下黑暗的殘渣了。

『太慢了。』

雙手都裝備了大鐮刀的刃狗——鳶雄施展出十字斬擊。

死神躲過了那一招——但光是這樣還不行。

「唰嘩！」——死神想必感覺到自己體內的靈魂遭到切割的觸感吧。

刃狗的大鐮刀散發出來的氣焰，切割了死神的內部。

這時刃更趁隙追擊，從背後揮劍刺穿了死神的身體。刃叼的劍上面刻有禁忌的徽紋、咒文，順著死神的身體流進去，從內部將目標破壞殆盡。

見死神不再動彈，鳶雄將兩把大鐮刀變成一把超巨大的鐮刀，一口氣高高舉起。

『…………！你連死之神……都能斬嗎……！』

『既然號稱連神都能斬的利刃，我當然能斬──無論對象是什麼，毫無例外。』

鳶雄將鐮刀直線劈落，刃以劍橫向揮砍。

死神身上留下十字的斬痕──

『該死的狗……！』

『沒錯，就是狗。只是，我用以切割一切的不是獠牙──』

在死神逐漸消逝之際，鳶雄，刃狗，和他分身的刃站在一起。

『而是我的「刃」。』

這就是收割靈魂的死神，靈魂反遭收割的瞬間──

斬了疑似擔任塔納托斯的幹部的死神之後，鳶雄在會場上空感覺到強大的波動。

那恐怕是塔納托斯親自來襲的跡象吧。

──然而，作戰計畫中也考慮到這個情況。蕾維兒．菲尼克斯早已準備好在神祇發動襲擊的狀況下賴以突破的方法了。

正確說來，她是參考了前人的策略。參考的是對抗惡神洛基的那一戰──

當洛基再次在二天龍面前現身的時候，發生了什麼事？

答案在現場是現在進行式。他遠遠看見塔納托斯散發出極大的氣焰，出現在會場上空。

然而，下一秒，會場上空展開了大型的轉移魔法陣。

魔法陣圍住塔納托斯——

『那麼，剩下的就交給你了，赤龍帝。』

最上級死神，就交由受到龍神眷顧的少年負責對付——

鳶雄身邊，出現了散發危險氣焰的死神大軍。數量隨便也超過一百。

刃狗與死神大軍的戰鬥還要持續下去——

Life.5 死神大人與兵藤家的乳技

我——兵藤一誠，在羅絲薇瑟和維娜小姐張設的結界當中，等待對手的到來。

我們的所在之處，是距離「法夫納體育場」相當遙遠的荒野。

聽了蕾維兒的作戰計畫之後，我們便移動到這裡來。

作戰計畫很簡單。手下的死神不斷被幹掉的話，身為老大的塔納托斯大概也會出動。我們看準了這一點，準備鎖定他現身的瞬間，用上就連洛基都會遭到轉移的魔法陣。

要是被傳說中的死神在會場周邊大鬧的話我們也很傷腦筋，所以就選擇這個怎麼大鬧都不會怎樣的荒野當作戰鬥地點。

有擅長結界術的羅絲薇瑟和輔助她的維娜小姐出手，塔納托斯轉移到這裡之後就再也出不去了。除非打倒我。

這是蕾維兒為了保護正在看比賽的觀眾，保護正在比賽的選手們，更為了保護摯友小貓而想出來的計畫。

作戰計畫的最後階段，是在確認死神發動襲擊之後，向塞拉歐格的隊伍，還有杜利歐他們轉生天使申請支援。現在蕾維兒正在向各勢力溝通，看能不能請塞拉歐格和杜利歐趕來對付塔納托斯。

……如果他們兩位能夠趕來的話，我想戰鬥應該也會輕鬆很多吧……只是不知道來不來得及。他們要處理那些什麼神祕惡魔引起的暴動也很忙吧……

我維持著鮮紅色鎧甲的狀態等了好一陣子之後——轉移魔法陣在我眼前展開。

從中現身的，是身穿裝飾講究的長袍，氣焰龐大到像是在開玩笑的死神。

死神——戴著骷髏面具的塔納托斯環顧四周，看見了我。

『強制轉移……原來如此，我聽說洛基也被這樣對付過。你們還真是會動歪腦筋啊。』

塔納托斯在手上變出大鐮刀。刀刃散發出的波動極其不祥——

我輕聲問：

「你為什麼做出這種事情來？」

『理由——不只一個。』

塔納托斯緩緩拉近距離，同時繼續說著。

『首先，為了不讓以後天方式製造超越者的研究資料曝光，我想先摧毀掉。』

「如果是這樣的話，交給我們處理不也可以嗎，但你並沒有這麼做。這就表示有比那個研究被我們廣為得知還要讓你不樂於見到的狀況對吧？」

『因為我想在黑帝斯大人知道之前先摧毀掉。』

……他這麼做不是為了黑帝斯嗎？

「……為什麼？」

我說出心中的疑問。

『……就和惡魔陣營一樣啊，赤龍帝。我們這邊也不是一整個固若磐石的組織……總而言之，關於冥府的未來，我也有我自己的理想願景。』

並非固若磐石的組織是吧。穩健派的奧迦斯也好，冥府的狀況也相當複雜呢。

「……那麼，其他理由呢？」

『基於以上理由，和以後天方式製造超越者的研究有關的人都必須全部收拾掉。為了不讓黑帝斯大人得到任何資訊。』

所以……就因為這樣，他才想要小貓的命嗎……！

「我不會讓你妨礙小貓和黑歌。」

『這樣就對了。當代的赤龍帝應若是。』

「有話可以好好說……這種想法一開始就是白費心機對吧……」

塔納托斯豎起一根手指。

『另外一個理由……這倒是極為單純的事情。吾之同志——普路托敗給了白龍皇。不過，他應該也享受到了才對。享受到足以觸及神祇的天龍之力——我也想好好品嘗一下，號稱歷代最強的赤龍帝的力量。不過就是這樣罷了。』

……果然還是無法靠溝通解決啊。沒想到他不但想要小貓的命，更想要戰鬥。

我只是想守護我們的和平罷了！

我擺出戰鬥的架勢。

「即使是神——我也要帶著毀滅你的打算打這一戰。這不是比賽，而且我不但號稱『焱誠之赤龍帝』，更是『紅髮滅殺姬（ruin princess）』的『士兵』。」

『這也是無可奈何的事情。讓死之神見識你的全力吧，兵藤一誠啊。』

塔納托斯舉起大鐮刀。然後，我和最上級死神的一戰就此開始！

我衝了出去，同時射出好幾發神龍彈！塔納托斯留下藍黑色的殘像，同時開始以超高速移動。

我一面修正神龍彈的方向，一面對準了塔納托斯的正面！

我發出的魔力彈完全命中了——但塔納托斯一副沒事的樣子，直接朝我攻了過來！神龍彈這種程度的攻擊傷不了他一根寒毛嗎！

接著我也射出飛龍，但就連那些也被輕易擊落。

塔納托斯揮出鐮刀，而我加以閃躲……只見塔納托斯的鐮刀在地面上挖開一道大缺口。

塔納托斯每次揮動鐮刀，就在這一帶的荒地上製造出巨大的傷痕。

光是輕揮鐮刀，威力便足以改變地形——可見單論他的攻擊力就已經相當強大了。這個死神更勝於普路托！

為了採取近距離戰鬥，我刻意主動衝過去，在肉搏戰的距離打出一陣亂拳。然而，拳頭就像是打在煙霧上，一點都沒有命中的手感。不知不覺間，塔納托斯繞到我的背後，砍了過來。

我在打的是殘像嗎！我挪動收在龍之翼裡面的真紅爆擊砲用的砲管，對塔納托斯來了個出其不意。

當場旋轉身體調整姿勢的我，從左手伸出阿斯卡隆的劍身，刺向塔納托斯。

我在他再次留下殘像消失之前使用「穿透」之力！

『Penetrate!!』

阿斯卡隆上面附加了能夠穿過任何事物的力量。或許是感覺到被這招命中的話會不太妙吧，塔納托斯朝後方跳開。

我立刻做出反應，飛向前方——接著更朝上空竄升，同時發出砲擊。

「真紅爆擊砲————————！」

鮮紅色的絕大氣焰砲擊落在下方的塔納托斯頭上。

——然而，砲擊並未命中，塔納托斯再次繞到我背後來！我以龍之翼轉身，以阿斯卡隆接下塔納托斯的大鐮刀！

在交鍔狀態下，塔納托斯笑了。

『原來如此，你很強。不過，經過這番交鋒你經該已經了解到了吧——維持那個姿態，是贏不了我的。』

…………這種事情我早就知道了！可是，那個型態……！

——不過現在也不是說這種話的時候了。

我彈開塔納托斯，暫時拉開距離。

吶，德萊格。反正再這樣打下去，也只是白費體力對吧？

『是啊，一個弄不好可能在被幹掉之前都無法造成像樣的傷害。憑真「皇后」完全對付不了他。部分龍神化也是，打不中的話就一點意義也沒有。』

那麼，雖然有時間限制，但也只能賭一把了。對方應該也不願意等到塞拉歐格和杜利歐登場吧。

我用力吐了一口氣之後，詠唱出蘊含力量的咒文。

「——寄宿於吾之紅蓮赤龍啊，自霸醒覺吧。」

右邊手甲的寶玉，發出鮮紅色的光輝。

『——吾所寄宿之鮮紅天龍啊，成王而啼吧。』

左邊手甲的寶玉，釋放出漆黑的氣焰。

「——濡羽色之無限之神啊。」

鮮紅色的極大氣焰，逐漸籠罩住我的全身——

『——赫赫然之夢幻之神啊。』

體現了無限的黑色氣焰，覆蓋住我——

「『——見證吾等超越際涯之虛偽之禁吧。』」

鮮紅色的鎧甲多了漆黑的樣貌，具象化出體現了無限的龍神之力。

「『——汝，燦爛然於吾等之燚中紊亂舞動吧。』」

「『『D∞D!! D∞DD∞D!! D∞DD∞DD∞D!!!! D∞DD∞DD∞DD∞DD∞D D∞DD∞D!!!!!! D∞DD∞DD∞DD∞DD∞DD∞DD∞DD∞DD∞DD∞DD∞D D∞DD∞D!!!!!!!!』』」

所有的寶玉都傳出嘈雜的『D∞D!!』語音，並浮現出∞的記號！

「『『Dragon ∞ Drive!!!!!!』』」

完成擬似龍神化的我，炸飛身旁的景物，同時朝塔納托斯衝了出去。

我豪邁地打出帶有氣焰的拳頭！塔納托斯留下殘像閃躲——於是揮空的拳頭打碎了地面，而且範圍超大。

看見這個景象，塔納托斯笑了。

『好驚人的攻擊力啊！原來如此，要是直接命中了會粉身碎骨吧！』

「姑且先告訴你——我現在很生氣！因為，已經和我互許終生的女人們正在和我終生的勁敵戰鬥，而你們竟敢妨礙如此重要的比賽！」

我一邊這麼說，一邊展開神速的動作追隨塔納托斯，從近距離施展拳打腳踢！

儘管沒有命中的跡象，但是和剛才不同，對手也沒有餘力了。他無法完全躲開，長袍綻開，大鐮刀也折斷了。

塔納托斯再次從空中拿出大鐮刀，並且說了：

『不只女人，你連白龍皇都想保護嗎！真是太有意思了！因為他是同伴嗎？』

「我看上的女人們，對上我看上的勁敵。我比任何人都還要期待這場比賽——我要打倒你，斷絕一切隱憂之後再去看比賽。不過就是這樣罷了！」

塔納托斯在四處移動的同時留下殘像，而那些殘像有了實體，開始包圍我。

他分身了嗎？

分身的塔納托斯一舉從四面八方砍了過來。我以拳頭一隻一隻確實揍飛他們。

然而，分身的連攜十分完美，我不小心被砍中了一下。閃過我腦中的，是被死神的鐮刀砍中連靈魂也會遭到切削這件事。

但是，即使中了一刀，我的鎧甲也完好如初，感覺損傷也沒有達到身體內側。

對此，塔納托斯也為之驚愕。

『——！我的鐮刀竟然無法收割靈魂！難道就連靈魂也受到奧菲斯之力的影響了嗎！』

……對喔，我的力量顯現了奧菲斯的力量。如果是掌管無限的奧菲斯之力，有這種庇護效果也不足為奇。

而且，我的肉體本身也是托偉大之紅和奧菲斯的福才得到的新肉身。

『５！』

——！讀秒的語音不等人！畢竟這個型態只能維持十秒。因此我打算趁早做個了結，準備變成∞爆擊砲的型態——但四根砲管上浮現了詭異的徽紋！

『攻擊的時候，我還施展了封印砲擊的術法！或許無法完全封印，但是那個術法在讀秒時間內應該不會解開吧！』

唔！居然還會用那種術法！我凝聚氣焰，試圖將氣焰集中到砲管裡——但無法順利將龍之力灌注進去！

『8！9！』

三拖四拖的讀秒已經讀到這邊來了！剩下這點時間，來不及打開鎧甲的腹部發射神滅碎擊砲！

無可奈何之下，我在手臂上將氣焰提升到極大！

「『『D∞D!!D∞DD∞D!!D∞DD∞DD∞D!!!!D∞DD∞DD∞DD∞DD∞DD∞D!!!!!!D∞DD∞DD∞DD∞DD∞DD∞DD∞DD∞DD∞DD∞DD∞DD∞D!!!!!!!!』』」

聚集在我手上的氣焰質量到達了難以置信的規模，於是我一口氣將氣焰發射出去！

龐大的鮮紅色神龍彈朝塔納托斯飛去——然而，塔納托斯以他最擅長的高速移動躲過了那招！

要是被躲過的神龍彈擊中羅絲薇瑟她們張設的結界就不妙了，所以我只能用力想著「消散吧！」自行瓦解神龍彈。

鮮紅氣焰的殘渣，飛散到空中。

『10！』

時間限制剛過的瞬間，龍神化便隨之解除，變回鮮紅色的鎧甲。

……疲憊的感覺立刻湧現。這是龍神化的反作用力。體力幾乎都被消耗掉了……！

連神祇都能夠燒成灰燼的終極火焰——「燚焱之炎火」這次不能用。用了那招或許能夠占到優勢……但要是塔納托斯在被火焰焚身的狀態下接近羅絲薇瑟或維娜小姐，害得無法澆熄的火焰延燒到她們身上的話……

『是啊，正因為是終極的火焰，使用上也有所限制。尤其是在有同伴的地方，不能隨便亂用。要是延燒到同伴身上的話就沒轍了。』

……正因為強大，也有可怕的一面是吧，那種火焰。不，龍神化本身也是弄錯控制力量的方法就會對世界造成重大影響的招式，使用上必須多加留意才行。

塔納托斯飛到大口喘著氣的我身邊來。

『足以比擬神級存在的你，目前唯一的弱點，就是限制時間了吧。如果是神級強者……不對，即使是魔王級，大概也能夠撐過那十秒。如此一來，只靠鮮紅色的鎧甲對付神祇並無法戰到最後。』

……那確實是我的弱點。可是，要對付他也只剩下這招了。

塔納托斯攻向我！因為體力嚴重耗損導致動作稍微變慢的我，被最上級死神的速度輕鬆追上了。

大鐮刀落在我身上！鮮紅色的鎧甲遭到粉碎，我的腹部受創。一陣劇痛侵襲了我……但是身體內側——靈魂並沒有遭到切削的感覺。

對於這個結果，塔納托斯也驚訝不已。

『……即使龍神化解除了，鐮刀也無法收割靈魂。這證明了有相當可怕的咒力施加在你的身體上。看來必須將你的靈魂連同肉體一起消滅才能夠打倒你。』

……即使在這個狀態下，我也不會被死神鐮刀的特性幹掉是吧。

德萊格說：

『是啊，搭檔的靈魂上帶有奧菲斯那形同詛咒的力量。即使是神祇級的術法，也無法逮到搭檔的靈魂。因此死神鐮刀從一開始就沒有顯示效果吧。純粹只有造成物理傷害而已。』

那是從什麼時候開始的？從龍神化顯現之後嗎？

『我不知道，不過從奧菲斯那邊流過來的力量每次一有什麼事情就會增強，這點確實沒錯。在拉攏了分身（莉莉絲）之後，那個效果變得越來越顯著。這是我的猜想，不過那個傢伙……無限龍神，或許是想讓你成為第三個龍神級。』

這點是不是對瓦利也說得通啊？那個傢伙的魔王化也借用了奧菲斯的力量對吧？

『說不定，她是想同時將二天龍升格為龍神呢。』

原來如此……雖然看起來好像什麼都沒在想，不過我家的龍神大人在心裡想了很多方案也說不定呢。

話雖如此，現在該怎樣才能顛覆這個狀況呢……羅絲薇瑟也一臉擔心地看著我。維娜小姐倒是說過，要是真的有危險的話會來助陣就是了……

到時候，就只能解除結界，三個人一起上了。不過，要是塔納托斯以小貓為優先，丟下我們離開現場的話——這個結界一方面也是為了將動作迅速的死神封在這裡而存在。

就算把髮飾現在保管在哪裡告訴他，他大概還是會想把所有和實驗有關的人全部收拾掉，所以也無濟於事吧。

正當我苦思著下一步該怎麼走的時候。

塔納托斯忽然開了口：

『……我感覺到你身上有三個靈魂。你和「紅龍」德萊格……還有一個是誰？』

死神的大將突然說出這種莫名其妙的話！

正當我和德萊格感到狐疑的時候，寶玉突然傳出人聲。

【一誠，我是爺爺。】

…………………

…………

……由於事情來得太過突然，我的腦袋變得一片空白，表情也變得傻愣。

然而，那個聲音再次響起。

【一誠，是我。是你爺爺啊。】

——還真的是爺爺喔——————！

「爺爺！」

『是你爺爺嗎！』

德萊格也為之驚愕！從自己的寶玉裡傳出我爺爺的聲音也只能驚訝了吧！等等，如果連德萊格也不知情，那現在到底是發生什麼事了！

『怎麼可能！居然能夠介入我的對話，介入這個神器裡面，到底是用了什麼力量啊！』

德萊格驚愕地表示，而爺爺淡定地說：

【我去拜託釋迦大人，結果不知怎地就辦到了。釋迦大人好像說有找龍神大人幫忙。】

對此，德萊格苦悶地表示：

『釋迦和奧菲斯啊～～！那當然可以介入了！』

這樣就可以喔！我也大吃一驚！都已經不知道現在是什麼狀況了！

爺爺說：

【你好像面臨危機了呢。一誠，我聽說你很擅長開發和胸部有關的招式是吧。】

「不，也不能說是擅長啦……我是開發了幾招沒錯，不過那又怎樣！」

洋服崩壞（dress break）和乳語翻譯（pilingual）的對象都只限女性，對塔納托斯沒用啦！

【一誠，現在正是具體實現當時的妄想的時候。我陪你拿機器人和宇宙戰艦的模型在玩

戰鬥遊戲的時候，你不是經常這樣說嗎？】

正當我心想爺爺沒頭沒腦的在說什麼時，爺爺就憑著衝勁和氣勢讓寶玉開始發光了！

【回想起和我一起度過的童年時代的記憶吧！】

下一秒，我小時候的記憶被強制喚醒了——

回鄉下的爺爺家時，我和爺爺一起去附近的模型店，買了機器人和宇宙戰艦的模型。

不過爺爺買的是出現在那部作品當中的女性角色的模型和人偶就是了……好像還特地拜託模型店進貨——

我很羨慕爺爺可以買那些。我央求爺爺說我比較想要那種，結果……

「大人才可以買那種。」

爺爺這麼說，不肯買給我。

在鄉下家裡的簷廊，我和爺爺一起組裝模型——不對，模型多半都是我組的，組合帥氣的機器人模型和宇宙戰艦令我心情雀躍。在我一邊看說明書一邊組裝模型的時候，爺爺在一旁一邊看A書一邊亂摸性感公仔……

我拿著組完的模型向爺爺炫耀。

「那我們來試試看一誠的模型和爺爺的人偶，哪邊比較厲害吧。」

——爺爺便對我這麼說。

我拿著機器人飛來飛去，相對的爺爺則是拿人偶搔首弄姿。

「接招吧，爺爺。波動砲！」

「可惜啊！這個美女人偶用胸部防護罩把波動砲彈回去了！」

「咦——！爺爺耍詐！哪有什麼胸部防護罩啦！」

「你總有一天也會了解的。無論是怎樣的攻擊怎樣的敵人怎樣的存在，都贏不過胸部。你也喜歡胸部吧？」

「嗯！最喜歡了！」

聽了我的回答，爺爺露出滿意的笑容，摸了摸我的頭。

「胸部蘊藏著最強的力量。所以，機器人和宇宙戰艦攻擊的時候也要凝聚胸部的力量來發射，就這樣玩玩看吧。胸部光束！胸部波動砲！這樣一來，一誠組合的機器人和這艘戰艦也會變得比爺爺的性感人偶還要強喔。」

「好厲害喔，爺爺！好像很厲害，可是我完全聽不懂你在說什麼！」

「哈哈哈！你聽不懂啊！其實爺爺也不太懂啦！不過，胸部是最強的。只要有胸部的力量上身，無論面對任何困難，一定都能夠克服！胸部！」

「胸部！」

「好了，一誠。快從那隻機器人的手槍發射胸部光束。這樣一來，說不定可以打倒爺爺的性感人偶喔。」

「胸部光束！」

「嗚呀啊啊啊啊！被——打——倒——了——」

我和爺爺拿著模型和人偶玩胸部攻擊的遊戲，一直玩到天黑——

我回想起這些兒時的記憶。

一行清淚劃過我的臉頰。我痛哭失聲。

——啊啊啊啊啊啊啊啊啊啊，根本不是什麼像樣的回憶——————！

為什麼你要在這種緊要關頭讓我回想起那種不像樣的回憶啊，爺爺啊啊啊啊啊啊啊啊啊啊————————————————————！

然而，爺爺說：

【——波動砲預備。】

就在這個時候。我的鎧甲的尾巴部分——擅自扭動了起來。

不是我的意志。也不是德萊格的意志。那條尾巴像是在瞄準什麼似的。

尾巴——伸長了！朝著羅絲薇瑟伸了過去！

「咦！這是怎樣！」

鎧甲的尾巴伸長得太過突然，羅絲薇瑟無計可施，尾巴就這麼連到她的胸部上面。尾巴展開了尖端，完全包覆住羅絲薇瑟的胸口！

撲通、撲通……

尾巴搏動著。

「……啊嗯！啊嗚……！」

羅絲薇瑟開始發出嬌喘。看來，連到她身上的尾巴正在從胸口吸取某種事物！

爺爺說：

【凝聚胸部的力量，發射超強的一砲吧！——沒錯，就是波動砲！】

我的鎧甲的砲管也擅自對準了塔納托斯！

【來吧，爺爺也幫你一把。你的好色結構，爺爺知道得非——常清楚。】

『這、這是怎麼回事！搭、搭檔！你的祖父在我的內部……在神器的內部胡搞瞎搞耶！

應該說，你的祖父怎麼辦得到啊！』

「……因為他是我爺爺嘛。能夠推動我的好色根源或許是理所當然……」

『是這樣嗎！你就這麼接受了嗎！我也應該就這樣接受嗎！』

德萊格陷入混亂了──那當然了。因為爺爺在神器裡面不斷進行一些我也搞不太懂的操作。不過根源是我的好色要素就是了……

不，老實說，我也很混亂！我的爺爺到底是何方神聖啊！

【因為我在西方極樂世界積了不少陰德嘛。釋迦大人也會很高興吧。】

真的假的！那是哪門子陰德啊！這件事和釋迦大人也有關係嗎！

〔事情就是這樣。這也是悉達多──釋迦如來的心願。〕

又多了一個新的神祕語音〜〜〜！

〔掌管乳房的赤龍帝啊。我是觀音菩薩。我答應了你的爺爺，兵藤十藏的請求，對你施加了力量。〕

觀音菩薩！什麼啊！現在是怎樣啊！到底發生了什麼事啊！

『連觀音菩薩都出動了嗎！神話體系也跨太遠了吧！』

德萊格都快哭了！

觀音菩薩開了金口。

〔你的歌在極樂淨土也讓許多人面露笑容。出現了那麼一首歌，能夠讓往生的人們在極樂世界唱歌跳舞過得更開心，著實值得歡喜。這是身為掌管佛門者道謝的方式。〕

我的歌……真的有那麼大的影響力喔……！

塔納托斯為之驚愕。

『怎、怎麼可能！連釋迦如來……還有觀音菩薩，也要插手管赤龍帝的事嗎！』

塔納托斯高舉鐮刀，準備朝我攻過來——但觀音菩薩背著背光出現在我身後，對著塔納托斯發出充滿法喜的光芒！

『唔——！好驚人的光量！』

塔納托斯因為菩薩尊者發出的光芒而退避不前。

在這段時間內，尾巴依然從羅絲薇瑟的胸部吸取能源（？），令人難以置信的大量氣焰開始集中到鮮紅色鎧甲的砲管當中。

爺爺說：

【我也借用了觀音菩薩的力量，將那位銀髮小姐的乳力轉換為魔力。】

儘管狀況已經讓人說不出話來了，不過我可以感覺到不亞於龍神化的∞爆擊砲的力量聚集在砲管當中。

「……啊嗯……啊啊啊啊啊！」

每當尾巴對著乳房吸取一波，羅絲薇瑟便扭動身軀，同時發出嬌喘聲！

我的寶玉上——顯示出96這個數字！這個數字和羅絲薇瑟的胸圍尺寸一樣！

【好了，一誠。準備工作已經完成了。剩下名字——幫波動砲取個名字吧。】

爺爺還給我出了這麼個難題……也、也罷，之前幫招式取名字的也都是我，所以要我取我是會取啦……

「——超乳波動砲（neutron beam cannon），之類的吧……」

【好吧，neutron什麼的爺爺不太懂，不過唸起來帥就好了。】

什麼嘛！我還覺得自己突然想到了一個好名字耶，居然隨便帶過！

爺爺對羅絲薇瑟說了：

【羅絲薇瑟小姐是吧——為了拯救未來，請妳忍受今日的恥辱吧。好女人就該這樣。】

「——總覺得……這番話我好像懂又好像不太懂……不過打動我的心了。」

羅絲薇瑟！妳就這樣接受了嗎！是不是因為這個料想不到的發展而陷入混亂啦！

【一誠，這招砲擊的威力，會因給你乳力的女性的胸部尺寸而變動。羅絲薇瑟的大小相當不錯，所以得到的力量十分足夠。這如果是三位數的話——你或許可以得到非常不得了的力量呢。】

威、威力會隨乳房的尺寸而變動——三位數的胸部。擁有此等胸部的朱乃學姊的身影掠過我的腦中……

【一切準備就緒了！】

但因為聽見了爺爺的這句話，我終於將砲管完全對準了塔納托斯！

「塔納托斯——！」

我喊了死神的名字，擺出發射砲擊的架勢。

塔納托斯舉好大鐮刀，卻還是試圖拉開距離。看來他並不打算乖乖中招。

「——你必須在這裡被打倒才行。」

然而，或許是明白戰鬥已經到了最後決勝負的關頭了吧，維娜小姐放棄輔助羅絲薇瑟張設結界的工作，發射魔力介入戰鬥。

維娜小姐為了攔阻塔納托斯發出莫大的氣焰。面對魔王級的砲擊，即使強如最上級死神也為了避免直接中招而從原地往後跳開。

我再次修正砲擊的準星，抓準了塔納托斯著地的瞬間——

趁著維娜小姐再次發射魔力絆住塔納托斯，我發出集中在砲管當中的氣焰！

「——超乳波動砲，發射——————！」

極大的——粉紅色氣焰從我的砲管當中飛射而出。閃閃發光的乳力，毫無保留地落在塔納托斯身上。

∞爆擊砲級的砲擊，將塔納托斯以及身邊的景物完全炸飛了——

砲擊平息之後，在原地製造出改變了荒地的地形的巨大隕石坑……

而塔納托斯就倒在隕石坑中央。

塔納托斯對來到他身邊的我說：

『……打、打得漂亮，赤龍帝……』

那是讚揚我的話語。

『不久之後，你將成為足以毀滅神級強者的抑制力吧……嘩嘩嘩！』

塔納托斯在發出滿足的笑聲之後，又發出心情複雜的笑。

『……嘩嘩嘩，黑帝斯大人……你對三大勢力的詛咒比任何人都要強烈……也比任何人都還要深陷其中……冥府……無法變成超越冥府的事物……』

只留下這句話，塔納托斯便昏厥了——

「讓你久等了！」

「抱歉，耽擱到了！」

不久之後，塞拉歐格和杜利歐因為蕾維兒交涉有成而趕到……卻因為我幾乎是獨力打倒塔納托斯而驚訝不已。

我們……在爺爺，還有觀、觀音菩薩的協助之下，阻止了塔納托斯的野心——

打倒了塔納托斯的我們，將奄奄一息的塔納托斯交給塞拉歐格和杜利歐，以轉移魔法陣將他們傳送到由別西卜陛下負責的審訊機關。

我打倒了塔納托斯這件事也傳達給夥伴們了。看來，他們那邊的死神也因為主人被打倒而戰意盡失，紛紛投降。

「不愧是一誠先生，果然厲害！」

蕾維兒為了詳細調查戰鬥後的狀況而來到我們這邊。她已經開始到處聯絡各單位了。

戰鬥結束後，我不經意地轉頭看向羅絲薇瑟。

——或許是因為被吸了乳房的關係吧，她的胸部暫時變成了飛機場。

以前也發生過這種事情，我從莉雅絲那裡吸收力量，結果導致她的胸部消失。當時我也覺得悲傷不已，而這次又發生了同樣的現象。

我默默了流淚。啊啊啊啊啊，羅絲薇瑟那美好的胸部啊啊啊啊！

【沒事啦——不久之後尺寸就會復原了，放心吧。】

——雖然爺爺是這麼說啦……

觀音菩薩在那之後就離開了，不過爺爺還在。

好了，這邊已經順利結束，我也很想把這件事告訴小貓她們，但是她們還在戰鬥。還是等比賽結束之後再說吧。

正當我這麼想的時候，爺爺表示：

【不，我想應該有辦法和她們說話喔。剛才我在到處調整的時候，順便加裝了有趣的功能。你有一招叫乳語翻譯對吧？我對那招動了點手腳。】

爺爺這麼說耶！

『嗯，沒關係，已經無所謂了……』

德萊格好像已經無話可說了！他是不是已經進入放棄模式了啊！

爺爺說：

【我試著調整成能夠讓你透過胸部和遠方的胸部對話。雖然好像需要各式各樣的條件，不過你的聲音應該也可以傳達給正在比賽的女孩們才對。】

爺爺是這麼說啦……不過和遠方的胸部對話是怎樣啊！

聽爺爺說了詳細的方法之後，我把蕾維兒叫了過來。

「一誠先生，怎麼了嗎？」

我對一臉狐疑地看著我的蕾維兒說：

「蕾維兒，把胸部借給我吧。我想和小貓說話。」

「……一、一誠先生，請你說得更詳細一點。」

我對困惑的她詳述狀況之後——不知為何她居然能夠理解，還用力點頭！

「我知道了。請儘管試吧。」

蕾維兒三兩下就拉開胸口，一對裸乳彈了出來！

蕾維兒————！妳露出最棒的胸部給我看是讓我大飽眼福沒錯啦，不過就這樣對我說的話照單全收沒問題嗎！不，關於我的乳技，信賴度確實是很高沒錯啦……！

只是這個狀況未免太令人無言了。

我遵照爺爺的說明，在腦中想像想通話的對象，同時以左手揉捏蕾維兒右邊的胸部。極致的揉捏觸感從手上傳來！

我想像著小貓和黑歌。

「……啊。」

蕾維兒發出敏感的聲音。

接下來是帶著要和對方連上線的強烈意志，以右手——按壓左邊的乳頭！手指品嘗到彈嫩的優質觸感。

「……呀啊！」

蕾維兒發出煽情的聲音。

放開按壓用的那根手指之後，我對著乳房說話：

「小貓。小貓。黑歌也好。聽得到我的聲音嗎？」

依照常理來思考的話，對著乳房說話這個狀況應該會讓人覺得我的腦袋有問題吧……但可怕的是，我收到回應了。

『……一誠學長？是一誠學長嗎？』

——是小貓的聲音！真的連上線了！

我的乳技到底變成怎樣了啊……總覺得我都快要認不得我自己了，好害怕。

『小赤龍帝？這是怎麼回事？也聽得見白音的聲音，感覺好像是直接對心靈通話……』

也聽到黑歌的聲音了。看來和她們兩個都連上線了。

爺爺表示，這是對遠方的對象（只限女性）的心靈直接說話的招式。

這招就是我的另外一個新招式——「乳語電話（pai-phone）」。

爺爺好厲害。居然有辦法在短時間內讓我發揮出這麼多新的可能性……！我的爺爺或許是開發我的才能的專家！

爺爺從寶玉當中發出笑聲。

【哈、哈、哈，也沒那麼厲害啦。我純粹只是讓一誠回想起小時候的夢想和野心罷了。

對於人類而言，小時候描繪的夢想和目標，最容易成為自己終生的根基。】

……這、這樣啊。的確，我也覺得自己的根基是在那個時候造成的沒錯……

我迅速向小貓和黑歌說明狀況，並且告訴她們我的招式，還有我已經打倒了塔納托斯。

她們似乎正在進行宿命對決。一邊戰鬥，一邊透過心靈和我對話。

所以我在對決中打擾了她們是吧，真是不好意思。既然已經讓她們知道我們沒事了，還是趕快斷線吧。

忽然，小貓沒好氣地說：

『一誠學長，蕾維兒的胸部不是電話好嗎？』

而蕾維兒似乎也聽得見，便如此回應：

「沒關係，現在的我是讓一誠先生和小貓同學心連心的一具電話。把我當成電話就可以了。」

『居、居然……』

得知摯友的決心，令小貓受到震撼。

順道一提，不同的胸部，通訊速度和連線狀況也都不一樣，後來我們進行了各式各樣的調查，得到的結果是，目前最適任的乳通信者（carrier）是蕾維兒的胸部。

『老實說，我很想設定拒接就是了……』

小貓如此表示；相反的，黑歌倒是興致勃勃。

『既然如此，我們就趁小赤龍帝還在聽的時候做個了結吧，白音！』

黑歌做出挑戰式的發言。

『我們兩個誰贏了就嫁給他。如何？』

『──！我……要當一誠學長的新娘。即使是姊姊，我也不會在這件事上退讓！』

她們要爭奪我啊。

……我忍耐不住，終於決定吐露我的心聲。

「……不對，事情不應該是這樣。」

小貓說想當我的新娘。黑歌也說過想要我的小孩，想要待在我的身邊，當我的家人──

我必須回應她們才行。該回應她們了，赤龍帝！兵藤一誠！

「我──要讓妳們兩個都成為我的新娘！用誰輸誰贏決定這種事情，對於目標是成為後宮王的我而言不能置之不理！小貓！」

我斬釘截鐵地告訴她。

「我接受妳的求婚！當我的新娘吧！」

『──！…………好的。』

我得到她的答案了！趁著這股氣勢再對另外一個說吧！

「還有黑歌！」

『是、是喵！』

或許是還在因為我對她妹妹的求婚而感到驚訝吧，黑歌的聲音有點傻愣。不過我沒有多加理會，繼續問了下去。

「妳喜歡我嗎？真的嗎？」

黑歌認真地娓娓道來：

『……一開始，我只是把你當成瓦利的替代品。瓦利是戰友。在他身邊的時候我的心會雀躍不已，光是混在一起就很開心。我怎麼樣都想生小孩，所以想要天龍的小孩……想要強大的基因。既然瓦利不行，只好找你。不過，現在不一樣了……你的笨拙、直率、好色都到了無可救藥的地步，而且真的是個笨蛋……明明對白音一個人好就可以了，卻關心到我頭上來……還給了我們姊妹一個可以住得安穩的地方……在你身邊的時候……我感覺到的是安祥……光是看著你的笑容，就讓我打從心底覺得好可愛……』

黑歌的心聲——哽咽了起來。

『……現在還像這樣，為了我們挑戰那麼愚蠢的事情。反正你現在一定渾身是傷對吧？明明要對付的是神……即使對手是神也要保護我們，誰能不愛上這樣的男人啊！不對，早在更久之前，兵藤一誠這個男人就已經讓我淪陷了……我喜歡你。』

聽了黑歌的告白，我直接誠實回應：

「我知道了。妳知道嗎，我也喜歡妳喔。一個向我要基因的女人，我怎麼可能不在意。更重要的是，看著妳平常的生活……雖然有些地方令人擔心，但是比起任何事物都還要看重小貓，看重妹妹的妳，這樣溫柔的妳，更讓我覺得是個好女人。」

黑歌是一隻無可救藥的惡貓，我們第一次見面的狀況也糟透了。她可是用了毒霧呢。平常也很懶散，還喜歡惡作劇……

不過，我知道她是個溫柔的女人。知道她愛護妹妹勝過任何人。更知道她比任何人都還要希冀安穩！

「妳願意將就我嗎？」

黑歌立刻回答了我的問題。

『我只想要你。小赤龍帝……不對，一誠！我想和溫柔的你生孩子！』

既然如此，我也下定決心了。

對著蕾維兒的胸部，我放聲大喊：

「既然如此，妳就和小貓一起——當我的老婆吧————————！」

我在荒野的中心對著胸部呼喊愛——

結束和塔納托斯的決戰，回到會場——「法夫納體育場」來的我，前往的地方是觀眾席。

夥伴們聚集在觀眾席的入口，視線都盯著投影在空中的轉播畫面。

我就近問了潔諾薇亞：

「比賽怎樣了！」

「一誠！快看！戰況正激烈呢！」

大會為每個場面都準備了影像，而其中一個正是即將進入最高潮的小貓對黑歌之戰！

變成白音模式的小貓對黑歌發出好幾個燃燒著白色火焰的火車，然而她的姊姊擅長靈活運用妖力、魔力、魔法、仙術，在術法操作方面非比尋常，以各種力量的混合攻擊輕而易舉地消除了小貓的火車。

儘管如此，小貓依然混用體術接近黑歌，從極近距離發出帶有鬥氣的拳打腳踢。

小貓毫不停歇的攻勢，比黑歌的赤手空拳還要凌厲，看來她在體術方面已經超越姊姊。

黑歌以小規模的轉移術當場消失，試圖拉開距離，然而小貓對於姊姊的招數也了然於心，預測黑歌會在哪裡出現，瞬間就逼近該地點，再次從近距離施展拳打腳踢，持續對姊姊造成傷害。

大概是因為平常就一起生活，一起行動，讓她記住姊姊的思考模式與習慣了吧。

見妹妹對自己窮追猛打——黑歌顯得很開心。

露出歡喜的笑容，黑歌說：

『白音！我們兩個誰贏了——就可以先和未來的老公一誠迎接初夜！這是我們姊妹倆的初夜之爭！』

『——！』

小貓大吃一驚！

我也很驚訝！沒想到她們會在這次對決賭上那麼重要的事情！

小貓真摯地接受了姊姊的心情，擺出架勢。

『……………我知道了。我接受妳的挑戰！』

對此，轉播員也大吼：

『竟然——！雖然不太清楚是什麼狀況……不過這好像變成姊妹賭上初夜……？的一場對決了！可以推知的是，兩位的對決大概賭上和胸部龍共度初夜的權利……真是太令人羨慕了，胸部龍！』

嗚嗚，現在人在觀眾席所以周圍應該沒什麼人發現，不過我真的很不好意思！大概又要上報紙，接受媒體採訪了吧！

小貓對黑歌之戰變得更加激烈的同時，寄宿在神器的寶玉當中的爺爺對我說：

【好了，一誠——差不多是真的該道別的時候了。】

——！爺爺突然向我道別。不，爺爺已經過世了，之前我也才剛透過雲外鏡和他聊過，可是……！

「爺爺！怎、怎麼這麼突然！你擅自闖進寶玉裡面來，現在又要擅自離開了嗎！」

【一直待在寶玉裡面，對德萊格先生也不太好意思。而且我總不能就這麼留在現世，欣賞孫子和幾位小姐的春宮戲吧？】

「這、這樣的確是很害羞。」

德萊格已經精疲力盡了，我也不想讓爺爺看到我耍色的一面！

爺爺說：

【你現在歸屬於來自聖經的惡魔勢力，爺爺則是要去佛祖的極樂淨土。說起來神話體系本身就不一樣嘛。這樣一來，我們今後或許再也無法見面了。】

爺爺這番話太令人失落，於是我說：

「……我們還可以見面啦。雖然那面鏡子好像沒辦法用太多次。」

一旦使用過雲外鏡之後，同一個人好像要經過很長的時間才能再次使用。在大部分的狀況之下，一個人頂多只能使用一次。

「我可以活很久，所以能夠再次使用雲外鏡的時候就會想用……而且我會變得更加出名，出名到我的名號在西方極樂世界變得更加響亮，讓那邊的神明邀請我過去！」

雖然看不到爺爺的表情——不過我覺得他好像很滿足。

爺爺最後對我說：

【一誠！是後宮！你要實現後宮！看到可愛的女孩，就要向她求婚！有可愛的女孩向你求婚就要毫不猶豫地接受！】

最後，爺爺大喊：

【我的孫子——是最棒的胸部龍！】

我和爺爺的對話就此中斷——

……擅自進入寶玉，又擅自開發我的招式…………爺爺，謝謝你。雖然你很亂來，但是多虧了爺爺，我才能夠保護小貓和黑歌——

儘管突然穿插了和爺爺的道別，眼前的比賽依然越演越烈。

小貓和黑歌都已經打到遍體鱗傷。喘著氣的小貓表示：

『黑歌姊姊，該一決勝負了！』

『好啊，儘管全力攻過來！』

魔力攻擊、黑色火車的攻擊、帶有仙術鬥氣的拳打腳踢等等，黑歌毫無保留地對妹妹施展出自己所擁有的攻擊手段。

小貓在施展出火車的同時——卻放棄了白音模式，在一般狀態下不斷提升鬥氣！

然後，事情發生了！小貓的尾巴——變成了三條！隨即，前所未見的龐大鬥氣籠罩住小貓的身體！

就連黑歌都還只有兩條尾巴，然而小貓卻在這個緊要關頭升級到三條了。

小貓的雙眸閃現金色的光芒！動作更是快到肉眼無法完全捕捉的地步，超越了黑歌所能意識的境界！速度快到連我的眼睛也跟不上！

黑歌施展的高速火車，已經追不上小貓的超高速動作了——

終於，小貓的速度甚至超越音速，衝進黑歌懷裡。當黑歌察覺到這件事的時候，小貓的拳頭已經打在她的腹部上了。

「砰——！」——令人聽得神清氣爽的響亮打擊聲，從兩人戰鬥的區域傳出。

隔了一拍之後，黑歌的腳步開始踉蹌。

渾身顫抖的黑歌緊緊抱住小貓，看起來是那麼憐惜她。

『……看來……在體術被妳領先了呢。妳變強了，白音……』

淘汰之光籠罩住黑歌的身體。

黑歌摸了摸小貓的臉頰。

『沒有我，妳似乎也已經不要緊了呢。妳已經變得夠強了……』

牽起逐漸消失的姊姊的手，小貓流下斗大的淚珠。

『……不，即使變強了，我還是需要黑歌姊姊——因為我們是姊妹。』

黑歌——消失在淘汰之光中。

『「明星之白龍皇」隊，「主教」一名淘汰。』

宣告小貓獲勝的廣播響起——

儘管目擊了小貓獲勝的場面，但比賽尚未結束。

在其他的場面當中，瓦斯科·史特拉達大人正在和亞瑟戰鬥。

雙方的刀身上都帶有龐大神聖氣焰的兩名劍士——

每次刀劍交鋒，神聖氣焰的波動便隨之外漏，破壞周圍的景物。兩人所站的道路逐漸毀壞，附近的建築物也一一倒塌。

上一次——他們在教會戰士們的武裝政變當中對戰的時候，基於體力的差距，亞瑟打到一半就喊停了……

這次，回到五十多歲——正值全盛時期的模樣的大人，動作充滿了活力，一副不知疲憊是何物的樣子，一次又一次豪邁地對亞瑟出劍。

亞瑟也拿柯爾布蘭接招，但好幾次都在接劍之後差點膝蓋跪地。即使勉強設法撐住，得以避免最壞的狀況，但是任何人都看得出來他確實被大人那強大得離譜的力量壓制住了。

亞瑟以聖劍在空間當中打洞，將刀身穿進去，使劍尖從對手附近刺出，然而他最擅長的這招也全都被大人只靠身段閃過。

大人是原本就能靠老人的身體躲過那招沒錯！但是亞瑟在那之後應該也變強了才對吧！

亞瑟開始利用空間洞穴從死角發動連續刺擊，但是那個怪物——史特拉達大人還是能夠全數閃過！亞瑟也透過他打開的洞穴以聖劍發射氣焰展開攻勢，但這招還是被大人在保持足夠距離的狀況下躲過了。

……如果是我，面對那種攻擊可能早就在某個時機中招了吧！

不同於上一次，亞瑟盡可能避免與對手交鋒。他大概是認為自己無法完全因應全盛時期的大人的力量。

話雖如此，史特拉達大人會毫不保留地主動拉近距離，所以還是會展開近距離戰。

即使是近距離戰，亞瑟依然展現出讓人感覺到他的才華洋溢的劍擊，但大人都以杜蘭朵從正面全數化解了那些攻擊——

經過一陣劍擊戰之後，亞瑟暫時退到後方，拉開距離。

大人說：

『你的劍路還是這麼優秀。令人不禁感覺到你出類拔萃的才能——然而，技術上偶爾還是顯得青澀。』

亞瑟不發一語，呼吸急促。這次，看起來會先耗盡體力的是亞瑟。

大人說：

『大概是你那憑藉才能活過無數戰場的自負，讓你的技術蒙上了些許陰霾吧——哪怕只有一丁點陰影落在你的技能上，就無法擊碎我的杜蘭朵。』

亞瑟自嘲地笑了。

『……既然這麼說的是你，我也無從反駁了。』

不過，亞瑟並未死心，刀身上捲起神聖氣焰！他將神聖氣焰從遠距離發射出去！柯爾布蘭的神聖氣焰發出耀眼的光芒，質量也極為龐大！

——然而，史特拉達大人採取的動作，卻是將左手的拳頭往後拉得老遠，並且將他粗壯的手臂變得更為巨大。

面對高速飛來的柯爾布蘭的神聖氣焰，大人打出拳頭，射出波動！

柯爾布蘭的神聖氣焰，撞上從拳頭上發出的氣焰——聖拳，便煙消雲散了！勢不可擋的聖拳繼續往後飛，讓一整棟大樓因而倒塌！

轉播員大吼：

『出、出現啦——啊啊啊啊啊啊——！聖・拳！轉生天使當中的「天使隊長」尼祿・雷蒙迪也會施展這種神聖的拳頭，而這才是創始！』

解說員似乎也很傻眼。

『……威力簡直有天壤之別。居然有拳頭能夠輕鬆打碎建築物……！』

在史特拉達大人來到駒王町之後，我和潔諾薇亞、伊莉娜曾經問過他。

——要怎樣才可以變得那麼強？該怎麼做，才能讓拳頭上帶有神聖氣焰？

大人緊緊握住拳頭，如此表示：

『聽好了，孩子們。我在還沒換牙的年紀就在內心發誓要在教會成為戰士，之後便一心禱告，一心冀望，並且日日鍛鍊。啊啊，主啊。請降下神聖的慈悲在我的拳頭上。降臨吧，降臨吧，降臨吧，降臨吧……我沒有任何一天休息，每天都持續鍛鍊自己的身體好幾個小時。即使現在已經隱居了，我還是沒有任何一天停止鍛鍊。』

大人在胸前劃了十字，同時說：

『毫無任何陰霾，真心相信奇蹟到底的精神力，以及基於毫不動搖的上進心持續鍛鍊出來的肉體，得到這兩者之際，慈悲便將降臨在拳頭上。』

當時，我才明白。大人不是藉由奇蹟而引發了那股力量，而是藉由鍛鍊出來的力量引發了奇蹟。

亞瑟滿臉是汗，氣喘吁吁地說：

『我或許會輸……不過還是讓我戰到最後吧。掌握住可能會在轉瞬間產生的奇蹟，也是和白龍皇並肩作戰者的職責。』

而大人只是以無畏的笑容接受了他的意見——

『沒錯，這樣就對了。放棄的心理會抹煞一名戰士（男子漢）。』

他們的對決，在大人保持優勢的狀況下持續著。

在他們身旁，木場和美猴也正在對戰。

製造出分身的美猴，對上製造出龍騎士的木場。雙方在以各自的軍團彼此廝殺，互相較勁的同時，兩名本尊也展開了正面衝突。

木場手拿格拉墨，美猴也拿著如意棒，雙方以肉眼看不清的速度以武器不斷交鋒。

開始接受史特拉達大人的嚴格訓練的木場，在近距離之下使用魔劍格拉墨的戰鬥方式產生了變化，只在劍鋒碰撞的瞬間釋出龐大的氣焰，用這種方式大幅彌補腕力的不足。

事實上——美猴正逐漸受到木場的連續劍擊所壓制！他試圖拉開距離從遠方伸長棍棒，但木場以神速閃過，趁機占到美猴的背後或側邊，繼續發動連續斬擊！木場不時還混用三段刺擊，凌駕於美猴的閃躲能力之上！

最後，美猴的如意棒被砍碎了！

「我的棒子！可惡！」

然而，美猴把手指伸進耳朵裡，掏出第二根如意棒，擺出架勢。

木場用力吸了一口氣，調整好姿勢，收起龍騎士之後，在身邊的路面創造出無數的聖魔劍！美猴改成採取閃躲動作，但木場瞬間拉近間距，高舉以聖魔劍包住的格拉墨往下一揮！他又在擊中的瞬間附加力量，讓接招的美猴只能硬撐！

美猴大吼：

「嘖——！沒想到你這個斯文男竟然學會蠻力了！」

木場驕傲地笑了。

「因為大人的鍛鍊方式太不尋常了嘛。根據大人的教誨，為了培養力量和體力還得從改變飲食和日常生活做起呢！也多虧這樣的鍛鍊，現在我可以在擊中的瞬間發揮蠻力了！」

根據木場表示，只在命中的瞬間施加力量的這種戰鬥方式，和重視技巧的他相當契合。因為平常以技術戰鬥，在決定性的時候又可以憑力量攻擊——

……看來在大人的指導之下，我的摯友兼勁敵即將達成非常不得了的進化！

史特拉達大人對亞瑟、木場對美猴的戰鬥應該還會持續好一陣子。

在別的地方——發生了令人驚訝的變化。龐大的紫色火焰從公園竄升，然後逐漸形成巨大的天使形狀！那是……凜特小姐的禁手嗎！

同時雷鳴更轟天作響，朱乃學姊也從上空對著底下的公園發出尺寸極大的雷光龍！而勒菲以堅固的防禦型魔法陣準備迎擊！

在公園的戰鬥也熱烈到不行！

另一方面，瓦利對克隆．庫瓦赫之戰，也以幾乎要破壞掉領域的氣勢展開。

我是第一次見到瓦利的魔王化……看他身上的氣焰，質量大到有夠誇張！光是魔力砲擊就足以輕鬆轟掉景物！附近的建築物全都沒了，周邊變成了一大塊空地！

乍看之下，瓦利的魔王化好像比我的龍神化還要強吧！

『有些部分是不相上下，不過整體的力量目前大概是他比較強吧。』

——就連德萊格也這麼說。

另外，克隆的攻擊也凌厲到不行！明明只有用普通的肉搏戰和火焰和氣焰攻擊，卻將周圍的一切破壞殆盡，甚至對領域也造成了影響。

就連瓦利也盡量化解攻勢，避免正面接招。

這場龍與龍之間的攻防戰只有越演越烈，到了讓人覺得在領域毀壞之前都無法分出勝負的地步——

然而，比賽的去向在別的地方產生了變化。

轉播員再次大吼：

『啊———！莉雅絲選手穿上了加斯帕選手的力量……但是黑暗外衣正在慢慢剝落！』

仔細一看，正在和大型化的芬里爾戰鬥的是黑色的……莉雅絲？

我現在才發現到這件事，那是莉雅絲嗎！現在是什麼狀況？她身上帶著黑色的黑暗氣焰，但也同時帶有紅色的毀滅氣焰，所以我才知道是莉雅絲。

額頭上有紅色的第三隻眼——是加斯帕嗎？

「她穿上了加斯帕……穿上巴羅爾了嗎！」

聽我這麼問，愛西亞回答：

「是的，看來那似乎是莉雅絲姊姊的新招式……不過能使用的時間好像有極限……」

化為黑色野獸的莉雅絲大口喘著氣。

黑色的氣焰從她身上外洩，看得出她的力量正在逐漸減弱。

相對的，巨大的芬里爾因為和莉雅絲交戰而受傷，身上流著血，但是看起來好像還能打的樣子。

潔諾薇亞帶著苦澀的表情說：

「傷害能夠靠瓦雷莉的神器治療，但是……」

伊莉娜接著表示：

「沒辦法連體力一起恢復。莉雅絲小姐耗盡體力的時候將是最危險的一刻。」

莉雅絲在還沒倒塌的大樓樓頂降落，在手上凝聚魔力，而就在這個時候。

一個東西從遠方的天空飛來——仔細一看，是那尊魔像，戈革瑪各！古代的魔像引擎全開，高速飛向莉雅絲！

轉播員說：

『喔喔——！比賽到了這個時候，一開始嚴重毀損的戈革瑪各選手前來參戰了！古代武器具備的自我修復功能，似乎趕上比賽的重要關頭了！』

戈革瑪各對莉雅絲發出光束。莉雅絲以凝聚在手上的氣焰抵銷了光束——然而芬里爾在一陣狼嚎之後，叼起附近的鐵管，朝某個地方拋了過去。

鐵管刺進附近大樓的牆上。不知道牠的動作有什麼意義——但是戈革瑪各朝插著鐵管的大樓發射極大的光束！

頓時，加斯帕大聲慘叫！

『瓦雷莉——！』

光束毫不留情地在大樓上開了一個大洞！

瞬間，來自裁判(arbiter)的廣播聲響起。

『「莉雅絲．吉蒙里」隊，主教一名淘汰。』

——那是告知瓦雷莉遭到淘汰的報告。

這樣啊，莉雅絲把緊急時刻的恢復人員瓦雷莉藏在那棟大樓裡了。

可是，芬里爾察覺到了。還將這件事告訴了戈革瑪各。沒想到那具魔像居然能夠確實領會到狼的傳言！

瓦利隊連魔物和武器都不需要言語就能夠達成完美的連攜！真是令人震驚的事實。

轉播員大吼：

『威力凶惡的光線！打到這個時候，瓦雷莉．采佩什選手遭到淘汰！莉雅絲．吉蒙里隊失去恢復手段了！』

打倒了瓦雷莉的戈革瑪各一面飛在空中，一面瞄準了莉雅絲。芬里爾也跟隨它的動作，對莉雅絲採取備戰狀態。

雙方都還留有足以戰鬥的力量。

我帶著凝重的表情說了：

「即使現在的莉雅絲再怎麼強大，要同時對付芬里爾和戈革瑪各還是——」

再這樣下去會輸——就在我這麼想的時候。

有人在大樓之間蹬牆跳躍，趕到現場。

『公主！我來助陣了！』

——是瓦斯科．史特拉達大人！

對此，我和會場和轉播員都情緒沸騰了起來！

『來啦——啊啊啊啊啊啊！瓦斯科．史特拉達選手，在這個關頭趕到了！』

我的天啊！大人趕來解救莉雅絲的危機了！哇啊，看見在她陷入危機的時候瀟灑現身的老劍士的模樣，害我感動不已！

「剛才有亞瑟的淘汰報告嗎？」

我這麼問。既然大人來到這裡，就表示他們應該已經分出勝負了才對——

「不，似乎還不到淘汰的地步，只是——」

我順著潔諾薇亞的視線看了過去，看到的是照出亞瑟的影像。亞瑟倒在路面上，看起來已經站不起來了。他的體力已經完全耗盡。

照那個狀況看來，他應該已經動不了了吧。強如亞瑟也會耗盡體力啊。

史特拉達大人落在大樓的樓頂上護住莉雅絲，以視線掃過芬里爾以及戈革瑪各。

『對付狼，或是對付人偶。又或者是對付兩者呢。』

大人舉起聖劍——

然而，黑暗的氣焰——加斯帕逐漸離開莉雅絲身上。從黑暗型態，變回了普通的莉雅絲……就在這個瞬間，莉雅絲在樓頂倒下。

她的呼吸也非常急促，看來已經站不起來了。

化身為黑暗的加斯帕說：

『莉雅絲姊……我們的「國王」已經到達極限了。我想宣告淘汰。』

那是加斯帕主動提出的淘汰報告。

對此，莉雅絲以斷斷續續的聲音出言抗議。臉色……非常不好。

『……加斯帕……你在說什麼……』

化身為黑暗的加斯帕搖了搖頭。

『這個招式……再這樣下去太危險了。考慮到今後在大會當中的動向，不先在此退一步會使一切化為泡影……拜託妳，莉雅絲姊姊。別再打下去了……』

加斯帕如此勸說。莉雅絲的身體狀況有多糟，任何人都看得出來。

『…………唔……』

莉雅絲發出遺憾的低吟。依然大口喘著氣的她，就這麼過了十幾秒之後。

『……我輸了。』

莉雅絲——自己宣告投降，也就是棄權了。

轉播員吶喊：

『想不到啊想不到啊想不到啊──啊啊啊啊！莉雅絲選手主動宣布了淘汰報告──！』

來自裁判的廣播立刻響起：

『接受莉雅絲．吉蒙里選手的棄權宣言。比賽結束！獲勝的是「明星之白龍皇」隊！』

──！……我們無言以對。

以潔諾薇亞為首，夥伴們也都靜靜閉上眼睛。

……將那個亞瑟逼上絕境，打倒了黑歌，使美猴陷入苦戰，更一度破壞了戈革瑪各，還讓真芬里爾負傷……

戰果已經相當豐碩了。他們讓號稱最強的白龍皇的隊伍，受到了這麼嚴重的打擊。

我──用力鼓掌！夥伴們也跟進，然後感染了其他觀眾，最後掌聲籠罩了整個會場。觀眾們更全體起立致敬！

影像中的瓦利和克隆雙方都遍體鱗傷，中止了對決。

鎧甲到處都遭到破壞，大口喘著氣的瓦利說：

『……沒想到會以這種形式結束。這也算是比賽的運勢嗎？』

克隆一邊擦拭從頭上流下來的血一邊回答：

『呵，我確實還沒打夠，不過很久沒打得這麼開心了也是事實。沒什麼，大會還會繼續進行下去。只要我們能夠晉級，就有機會再戰對吧？』

『是啊，如你所說。大會確實就是這麼回事，而且即使這屆大會沒機會，或許也還有下一屆大會。除此之外，只要你想打我也隨時奉陪。』

對此，克隆豪邁地笑了。

『呼哈哈哈哈哈！現在真是一個好時代。因為可以和你還有赤龍帝、其他龍族，甚至是諸神公然戰鬥。我一開始還以為這只是兒戲……但仔細想想，對於期望戰鬥的你我而言，或許是最棒的活動了吧……只是規則很礙事。』

瓦利聳了聳肩。

『總是需要習慣的。』

瓦利走向克隆，表示想握手——但克隆笑著拍掉他的手，朝莉雅絲所在的方向飛去。

手被拍掉的瓦利，看起來笑得很開心——

—○●○—

比賽結束後，我們來到醫務室。

因為身體不適的莉雅絲被送進這裡來了。

做完精密檢查之後，莉雅絲回到醫務室來。聽說，好像是因為還不適應加斯帕的巴羅爾

塔城白音──……聽起來真不錯。

對此，黑歌也舉手表示：

「那麼我也仿而效之，使用『塔城黑歌』這個姓名可以嗎？有個姓氏也很不錯喵。」

莉雅絲苦笑著說「好啦好啦」。

不過，黑歌又吐出舌頭說：

「『兵藤黑歌』也非常不錯就是了♪」

小貓──不，白音接著向蕾維兒道謝。

「──謝謝妳守住我們的比賽，蕾維兒。」

「不，能夠為各位盡一分心力是我的榮幸，小……白音同學。」

小貓牽起好友的手。

「叫我白音就可以了。我們是朋友嘛。」

「──！……好的，白音。」

我問白音：

「我也應該改口叫白音比較好吧。」

「照舊叫小貓也沒關係。因為那也是我的名字。只是──」

她忸忸怩怩地說：

「……在公開場合或是典禮之類的時候，請用白音這個本名叫我……」

「我知道了，同時也是白音的小貓！」

是白音，卻也是小貓！是小貓，卻也是白音！

或許偶爾會搞錯，但無論如何都是小貓又是白音啊。

儘管戰敗了，莉雅絲隊的成員們看起來卻相當充實。

史特拉達大人也回到原本的年齡，在醫務室的角落豪邁地喝光了好幾瓶寶特瓶裝的運動飲料。凜特小姐好像也累了，躺在空床上睡覺。

順道一提，幾瀨先生的隊伍在事情結束之後，為了說明狀況，負責了跑遍相關單位的任務。他們幾位還是這麼忙碌。

蕾維兒不經意地開了口：

「一誠先生，為了保護別人的戰鬥……明明一直近距離觀看一誠先生和各位的戰鬥，我卻忘記了重要的事物……我覺得，守護白音與黑歌小姐的這場戰鬥，似乎喚醒了遺忘在內心的重要事物。」

對此，維娜小姐表示：

「蕾維兒小姐，那一定就是人稱『王道』的戰鬥了。最能讓我們的『國王』發光發熱的道路——如果要站在胸部龍——站在兵藤一誠先生身邊的話，絕對不能忘記這件事。」

或許是心有所感，蕾維兒感動地點了頭。

「……維娜小姐……好的！」

我覺得，在比賽的同一時間對抗死神的防衛戰，似乎讓蕾維兒的內心有了某種重大的進展。

——正當我如此為了小貓和蕾維兒兩個學妹的成長與進展而露出滿足的笑容時，小貓忽然站到我面前來。

「一誠學長，請你稍微蹲低一點。」

聽她這麼說，我便蹲了下來，視線來到和她同樣的位置。

「蹲低之後要怎樣——」

小貓的唇疊上了我的唇——

這是由她主動的——接吻。雖然是只有嘴唇互相碰觸的輕吻，但小貓……白音的臉紅到不能再紅了。

「這是我的初吻。」

這讓黑歌大喊！

「啊——太奸詐了喵！」

黑歌用力把我的臉拉過去，硬是把嘴唇疊了上來！不僅如此，她還打算把舌頭也伸進來，但這次換白音把我從黑歌手上搶回去，並且大喊！

「黑歌姊姊太硬來了！」

說著，白音又吻了我一次！接著又輪到黑歌再次把我拉過去，奪走了我的唇！

然後這次換愛西亞她們衝了過來！

「不准再和一誠先生接吻了！」

伊莉娜和潔諾薇亞也跟進！

「沒錯！不然會超過和我們接吻的次數！」

「既然如此，就在這裡多賺幾次和一誠接吻的次數吧！」

而是我就在五個人之間被拉來拉去！

莉雅絲見狀也傻眼地說：

「如果有一誠的吻，我或許也可以恢復得比較快呢。」

就連朱乃學姊也——

「哎呀哎呀，等一下我也要參加。」

說得一副接下來也打算加入的樣子！

雖然很幸福，但是我的身體會撐不住啊！七個人耶七個人！再怎麼幸福，我的身體還是只有一個！

忽然，爺爺的那番話浮現在我的腦海裡。

——一誠！是後宮！你要實現後宮！看到可愛的女孩，就要向她求婚！有可愛的女孩向你求婚就要毫不猶豫地接受！

敬啟者，天堂的爺爺——

我會為了成為後宮王而努力的，請在那個世界眷顧我吧————！

New Life.

莉雅絲隊對上瓦利隊，以及我們對上塔納托斯一派的戰鬥之後，過了幾天——

我們「燚誠之赤龍帝」隊的成員們，為了準備即將到來的「諸王的餘興」隊之戰，在兵藤家的貴賓室集合。

因為我們邀請了重要的客人——就是神子監視者的現任總督，歐穆赫撒先生。

歐穆赫撒先生這趟來，是特地帶了阿撒塞勒老師他們在前往隔離結界領域之前交代的東西給我們！

歐穆赫撒先生在貴賓室的桌子上展開墮天使式的轉移魔法陣，從中拿出好幾個手提箱。

「為了收集到全部花了點時間，不過這些就是瑟傑克斯．路西法大人以及米迦勒大人，還有阿撒塞勒向各陣營商請得到的東西。」

他打開第一個手提箱。

——裡面放了一把長劍。

是一把盪漾著平靜的神聖氣焰的聖劍。不過，我沒有感覺到惡魔會在聖劍上感覺到的特有惡寒。應該說，這種波動……對我而言相當熟悉！

見我看向左手，歐穆赫撒先生也笑了。

「沒錯，這把劍是在談和之後，集結三大勢力的各種技術打造出來的最新的一把劍——阿斯卡隆II」

——阿斯卡隆II！

就是阿斯卡隆的第二代嘍！居然有辦法準備這種東西……史特拉達大人手上的聖劍也是杜蘭朵II，感覺教會的鍊金術在得到各勢力的技術之後，水準一口氣提升了呢！大概發生技術革新了吧……

歐穆赫撒先生拿出阿斯卡隆II為我們說明。

「與其說是聖劍，這把劍上的更接近龍之波動……可以說是兵藤一誠專用的劍吧。這把劍的波長鍛造成比阿斯卡隆更能夠配合你的氣焰。」

他把劍遞給了我……嗯，感覺像是劍柄自己貼過來一樣合手！這種感覺，或許比已經和左邊手甲同化的第一代阿斯卡隆還要適合我，和我的氣焰同步的速度也非常快。

德萊格說：

『搭檔，裝在空著的右手好了。』

畢竟左手已經收了一把嘛。話雖如此，就算想拿起來揮，我又沒有什麼劍術才能……還是和第一代一樣收進手甲裡，像之前那樣以毆打的要領使用才是聰明的做法。

我只在右手上形成赤龍帝的鎧甲（boosted gear scale mail）的手甲部分，握住阿斯卡隆Ⅱ。在德萊格的協助之下，我集中意識——於是便產生了紅色的閃光。

光芒平息之後，阿斯卡隆Ⅱ已經從我的手上消失。我當場握起拳頭，灌注力量——神聖的刀身便像第一代阿斯卡隆一樣出現在右手的手甲上。

數度嘗試收放刀身的同時，我對歐穆赫撒先生說：

「要我像木場和潔諾薇亞那樣使用二刀流，應該有難度就是了。」

既然左右兩邊的手甲都藏有聖劍，有那個意願的話我是可以同時拿出來揮，但我不覺得自己有靈活到那個程度。

歐穆赫撒先生說：

「不過，兩手各收了一把劍，在事有萬一的時候總是能夠當作對應手段。畢竟左手在忙的狀況也很有可能發生。」

的確。這就叫作有備無患吧。

歐穆赫撒先生打開了下一個手提箱。

放在裡面的是一根老舊的手杖。從作工看來是相當有威嚴啦……

對此顯得極度震驚的是羅絲薇瑟。她霸占了手提箱前的位置，仔細盯著手杖端詳了起來。

歐穆赫撒先生拿出手杖，遞給羅絲薇瑟，同時說了：

「這是米斯特汀之杖。」

「果、果然！因為我在故鄉看過這個！」

正當我滿心疑惑時，蕾維兒為我說明。

「是具備強大魔法力的，阿斯加最優秀的魔法武器。」

阿斯加的魔法武器！具備強大的魔法力，就表示對羅絲薇瑟而言也是最適合的道具嘍。

歐穆赫撒先生說：

「邪龍戰役的時候我們原本就在商討要請北歐打造一把新的供『D×D』使用，到了戰後才總算完成。雖然沒趕上那次大戰……不過這應該能夠輔助羅絲薇瑟小姐的魔法力吧。」

當事人羅絲薇瑟惶恐地拿著手杖說：

「……何止輔助，光是有這麼一把就夠了吧……？這可是神祇在拿的道具耶……！」

那、那是那麼強大的道具嗎！神級的道具啊……也是，邪龍戰役的時候真的接連發生了很不得了的事情，北歐神話方面也不得不打造出這樣的道具吧。

歐穆赫撒先生打開第三個手提箱……裡面放的是看似劍鞘的東西。

……我感覺到神聖的氣焰。這是聖劍的劍鞘嗎？我是第一次看到那個劍鞘，但總覺得氛圍，或者說裝飾有點熟悉……

應該說，我認得這股氣焰！

大家都盯著那個劍鞘端詳了起來，而且除了我以外的人——

「……咦？真的嗎？」

「……不，可是，怎麼可能……」

「……但是，這股氣焰只有那個可能了吧……」

伊莉娜、潔諾薇亞、羅絲薇瑟露出震驚的表情，看起來似乎不敢相信眼前所見。

歐穆赫撒先生看見大家的反應，輕輕笑了。

「呵呵呵，瞧各位看得目不轉睛的。沒錯，這是給潔諾薇亞・夸塔小姐用的東西——王者之劍的劍鞘。」

『果然沒錯！太厲害了！』

聽歐穆赫撒先生這麼說，除了我以外的所有人都驚訝得放聲大叫。

「……王者之劍的劍鞘有那麼厲害啊？」

我不經意地這麼問，蕾維兒便興奮地把臉湊過來說：

「一、一誠先生！王者之劍的劍鞘喔，這可是王者之劍的劍鞘耶！」

對此，整個人連聲音都在顫抖的伊莉娜表示：

「歐穆赫撒總督，這次給了我們這麼多道具，真的非常感謝您。無論是以『D×D』的身分，還是以大會參賽者的身分，我們都會好好活用。」

『非常感謝。』

我們所有人也都再次道謝。

歐穆赫撒先生表示「不會不會」低調地回應，這時忽然有人敲了門。

「打擾了。」

進來的人——是木場。他的表情相當凝重。

木場問「結束了嗎？」，我便回答「大致上」，於是他開了口：

「不得了了——最有冠軍相的隊伍之一，摩訶末梨神的隊伍目前落於劣勢。」

聽見他的報告，我們面面相覷。

我們透過轉移魔法陣移動，來到墮天使領「阿撒塞勒體育場」。阿修羅神族的王子——摩訶末梨先生的隊伍目前在這裡進行比賽。之前我們和巴拉基勒先生的隊伍也在這裡比過。

轉移過來的成員以住在兵藤家的人為中心，我們一來到便直接前往觀眾席。瓦利也已經來到通道的出口了。

瓦利站在那裡，仰望投影在體育場中央的空中影像。

我們也看了過去。

出現在影像當中的是領域內的狀況。

遊戲領域似乎是以遺跡為舞台……而在被破壞殆盡的遺跡中央，阿修羅神族的王子摩訶末梨正跪倒在地上。

他遍體鱗傷，上氣不接下氣。

『竟有此事！人稱最有可能奪冠的強者之一的摩訶末梨選手，居然跪倒在地上了！而將他打成這樣的——是突然加入平凡隊伍的幾位神祕選手——！』

轉播員也因為罕見的光景而興奮不已。

摩訶末梨先生的視線前方——有兩個人影。

一位是女性。應該說，是一個看起來年紀和我們差不多的女孩子。感覺個性很活潑，有著一頭翡翠色的長髮。

另外一位是男性。髮色是紅銅色，而且全部往後梳。身材高挑，但體格也非常好，一身肌肉。看起來情緒不太外顯，神情冰冷。從容貌看來，年紀應該也和我們差不多，或是稍微大一點吧。

不同於負傷的摩訶末梨先生，他們兩個毫髮無傷！

摩訶末梨先生的隊伍有很多成員都是阿修羅神族。論戰鬥，他們在神級選手當中也是一等一的陣容。

我看向會場的記分板，除了摩訶末梨先生以外的成員多半都遭到淘汰了！

紅銅色頭髮的青年拿起摩訶末梨先生身旁的旗子。

『旗子我就收下了。』

這場比賽採用的是搶旗子的規則。我在過來之前確認過，這次的規則應該是搶旗賽的系統。

紅銅色頭髮的男子搶走旗子的瞬間，來自裁判的廣播聲便響起。

『獲勝的是──「暗龍王之黑魔王」隊！』

廣播聲宣告了神祕的少女與青年所屬的隊伍的勝利──

就在這一刻，摩訶末梨先生在這次大會當中初嘗敗績。

由於事情過於不尋常，在比賽結束之後，我們依然沒有離開會場，為了得知詳細狀況而前往相關人士座位。

莉雅絲說：

「我一開始也沒有認真看。因為我一心以為，反正是摩訶末梨會贏。畢竟，對手是目前為止都一直連敗的隊伍。結果過了十多分鐘後，祐斗就來叫我看比賽。」

莉雅絲立刻想通是比賽翻盤了，便叫了我們。

設置在會場的ＶＩＰ用觀戰室可能會有和我們比較熟的人在，所以莉雅絲決定過去。

就在我們找到工作人員，準備確認來到這個體育場的是哪幾位ＶＩＰ的時候……

——！一陣難以言喻的壓力突然侵襲了我們！瞬間就讓人心裡發寒的沉重壓力！我們感覺到的是一股前所未有的詭異氣焰。

我們所有人同時轉頭看向背後。

——站在那裡的，是剛才還在比賽當中戰鬥的翡翠色頭髮的少女，以及紅銅色頭髮的青年。

我從他們兩個身上感覺到的……是深不見底的異質氣焰。

身經百戰的夥伴們也受到那股壓力的逼迫，汗珠從臉頰上落下，緊張到吞了一口口水。

他們朝這邊走了過來。

翡翠色頭髮的少女踏著輕快的步伐接近我們，露出天真無邪的笑容。

她的視線落在我——和瓦利身上。

「幸會幸會，『紅龍』先生、『白龍』先生，以及各位強者——我是薇麗妮。」

自稱薇麗妮的少女指著身後的青年說：

「那邊那個——是巴爾貝里士。」

……青年只是往我們這邊看了一眼，我就感覺到從身體中心開始顫抖的強烈畏懼……！

這個傢伙的氣焰是怎樣……！居、居然有這種深不見底到亂七八糟的氣焰……！

我心想是不是只有自己有這種感覺，便瞄了一眼身旁的瓦利——只見那個傢伙的額頭也沁出了汗！

強如瓦利居然也在那個名叫巴爾貝里士的男人身上感覺到這麼沉重的壓力！那個面對任何強者都會開心地露出無畏笑容的戰鬥狂耶……！

看著這樣的我們覺得很滑稽的薇麗妮在咯咯嬌笑的同時，自然而然地脫口說了：

「呵呵呵♪我和巴爾貝里士——聽說，好像是『超越者』呢。」

『——！』

這個情報令所有人為之驚愕！那當然了！誰教她突然就說自己是超越者！不過，從比賽結果，和這股沉重的壓力看來，那很有可能是真的！

我也見過李澤維姆和認真起來的瑟傑克斯陛下。在場的成員也都見過李澤維姆，聽說也有夥伴在魔獸騷動的時候看過阿傑卡．別西卜陛下的戰鬥。

所有人都沒有懷疑她的發言。

薇麗妮這麼說。

「我們的隊名很怪吧？那只是把比較有感覺的詞彙湊在一起取的名字，反正隊名只是裝飾嘛。」

她天真無邪地笑著。如此快活的少女，發出的氣焰也是深不見底。

名喚巴爾貝里士的青年不帶感情地說：

「我已經戰過神了……不過也沒什麼了不起。」

隨即，他銳利的眼神射穿了我和瓦利！

「——號稱歷代最強的二天龍，是否值得我們一戰呢？」

從裡冷到外的感覺讓我整個人不住顫抖。雖然很害怕，但是相反的，有個看起來這麼強的傢伙想和我交手，是身為男人的喜悅，或者該說是榮幸……！

對此，瓦利也終於露出無畏的笑容。

從我們兩個之間經過的同時，巴爾貝里士說：

「期待和你們在比賽當中碰上。」

薇麗妮追上青年，並且對我們揮揮手離開。

「掰掰♪」

兩人離開現場之後，我們才「呼哈——！」地鬆了口氣，總算能夠正常呼吸了！

莉雅絲用力喘了一口氣，同時說了：

「……他們是貨真價實的怪物。好久沒有這種無法呼吸的感覺了……！」

我問瓦利：

「瓦利，你覺得呢？」

在他們經過這裡之後，瓦利依然看著他們離開的方向。

「……確實是惡魔沒錯。只是……他們兩個強得可怕……！」

對此，阿爾比恩和德萊格也跟著表示：

『那兩個人……到底是怎麼回事……？』

『難道那種強者一直躲到現在嗎……』

就連膽大包天的二天龍也說出這種話來，可見這次登場的那兩個人有多麼令人害怕了。

真是的，打個大會也不輕鬆耶。明明不久之後我們還要和維達先生他們比賽呢！

面對不同於神祇的驚人選手，我們再次深切體認到這次大會真正的艱難之處——

—○●○—

來到阿撒塞勒體育場，又遇見新的敵人之後，我們開始在會場收集巴爾貝里士與薇麗妮的隊伍的情報。

莉雅絲和蕾維兒透過相關人士，詢問從選手的立場能夠得知的範圍內所得到的情報。

就在這個時候，羅絲薇瑟突然接到聯絡用魔法陣，看過內容的羅絲薇瑟當場大吃一驚，整個人虛脫無力地癱坐在地板上。

「…………咦──────咦咦──────……」

還發出這種充滿困惑的聲音。

「妳、妳怎麼了，羅絲薇瑟？」

我走了過去，結果她先是抖了一下，然後把視線移開。

「…………這、這個嘛……這、這件事有點難以啟齒……」

用力呼了一口氣之後，羅絲薇瑟下定決心說了：

「……其實是來自故鄉（阿斯加）的請託，說、說是為我安排了相親。高層似乎硬是說服了我的祖母……已經是近乎半強制的狀況了……」

相親！羅絲薇瑟嗎！而且還是北歐拜託的？

正當我還在驚訝的時候，伊莉娜代替我問了：

「妳、妳說相親，那對象是……？」

就在她這麼問的時候，一旁的朱乃學姊表示：

「啊，莉雅絲。我們這邊也接到來自北歐勢力的聯絡了。妳看這個。」

透過朱乃學姊那邊的聯絡用魔法陣，莉雅絲似乎也明白是怎麼回事了。

「……事、事情還鬧得真大啊！」

莉雅絲也顯得相當困惑。

羅絲薇瑟如此表示：

「……對、對象是……維達大人……！」

隔了一拍之後，我們異口同聲地大喊！

『和主神！相、相親——————！』

看來，三年級第一學期最後的事件，會是一件非常不得了的大事啊！

Artificial transcendental.

位於地獄最下層——冰之地獄（Cocytus）的李澤維姆・李華恩・路西法的研究所，冥府之神黑帝斯在此增設了地下設施。

祂挖得比冰之地獄還要深，還要遠……在地獄最下層的更下方打造出巨大的研究設施。

黑帝斯只留下親衛隊死神在身邊，利用惡魔之母——莉莉絲不斷進行實驗。

祂在名為中央研究室的廣大空間裡設置了大規模的培養槽，肉塊——莉莉絲就被安放在裡面。祂直接從李澤維姆的研究所連同培養槽搬了過來。

而在那過於廣大的樓層裡面，擺滿了堪稱無數的培養槽。這些不同於莉莉絲的巨大培養槽，幾乎是普通尺寸。

普通大小的培養槽當中，裝的是從外觀和人類沒兩樣的生物，到具有野獸特徵的人形怪物，甚至是和野獸沒兩樣的生物等各式各樣的生命體，以及神祕的液體。

那些培養槽全都以粗大的管線和莉莉絲的巨大培養槽連接在一起，神祕液體是從莉莉絲注入過來的。

——裝在培養槽裡的無數生命體，全部都是惡魔。

黑帝斯望著莉莉絲之餘，也看向培養槽裡的惡魔們。

這時，聽令於祂的死神，靜靜出現在冥府之神身邊。

那名死神向黑帝斯報告：

『薇麗妮與巴爾貝里士，擊敗了摩訶末梨的隊伍。』

聽了報告，黑帝斯發出笑聲。

『嘩嘩嘩。這樣啊，降伏了印度的諸神是吧。真是兩個誇張的怪物。』

報告內容，是剛才的排名遊戲國際大會的比賽結果。

死神繼續這麼說了下去。

『由於塔納托斯大人造反，終究未能取得人工方式製造出後天超越者的研究成果……』

『嘩嘩嘩，到頭來，那也只是沒有開花結果的技術。一直追求不確切的事物，也是無濟於事。』

別的死神帶著研究資料走到如此斷言黑帝斯身邊來。那名死神如此表示：

『莉莉絲不斷生下的惡魔已經達到十萬隻了，目前可以稱得上是成功的實驗體，有１４７８４號、３６４０２號、５００１９號……以及６１６１６號這四隻。』

『嘩嘩嘩……「６１６１６」是吧。』

望著莉莉絲，黑帝斯這麼說。

在李澤維姆的研究所發現了莉莉絲的黑帝斯，使用透過阿佩普得到的「路西法之書」，開始以莉莉絲進行實驗。

原本據傳被藏了起來的那本書，記載著第一代路西法如何讓莉莉絲生下惡魔，以及惡魔之母到最後變成這種肉塊的詳細記錄。

第一代路西法讓她製造出初始的惡魔們——也就是純種惡魔家族當中必定存在的「第一代」。

除了路西法以外的四大魔王還有梅菲斯托．費勒斯等同一世代的惡魔們，究竟是莉莉絲所生，還是一開始就和路西法一起存在，在這本書上並未詳細記載到那個程度……但是對於大部分的惡魔們而言，莉莉絲確實是最根源的母親無誤。

那本書上還有路西法的兒子李林——李澤維姆所做的現代註釋，連套用在現在的科學、魔力、魔法當中時該如何生產惡魔都寫了。

——話雖如此，李澤維姆自己只寫了方法，並未記載實際的研究成果，可見他並未使用自己的親生母親進行實驗。也不知道這是不是那個邪惡的惡鬼最後僅剩的良心所致……

如今已知路西法與莉莉絲原本是透過術式以及儀式生產惡魔。

換句話說，唯一透過與路西法交合的方式而生下的惡魔——就是李澤維姆。

黑帝斯根據那本書，開始使用莉莉絲生產惡魔。

安放在這裡的大量培養槽，以及裡面裝的生物們，正是祂的實驗成果。

黑帝斯並非讓莉莉絲正常生產，而是在高輸出高負擔的狀態下令她產出惡魔。因為書上提到了一種可能性，表示如此一來能夠從一開始便生產出上級惡魔等級以上的惡魔。

一開始有許多惡魔在誕生前不久便喪命，但經過多次失敗之後，黑帝斯祂們學會了如何在生產惡魔時避免問題發生。

順利產出的惡魔，為了測試實力而被送往各勢力的偏僻地區製造混亂。那些惡魔幾乎都遭到當地的戰士、軍隊討伐，不過以實驗他們對於黑帝斯的命令能夠遵循到什麼程度而言，已經得到了足夠的成果。

然後，在高輸出狀態下生產的惡魔數量到了數百……超過數千，進入數萬的領域之後，黑帝斯的企圖終於開花結果了。

——祂們以人工方式製造出魔王級以上的惡魔了。

死神部下繼續報告實驗成果。

『14784號（索內隆）以及50019號（格雷希爾）的測量結果在魔王級以上——然後……』

研究樓層的巨大螢幕上，顯示出一對年輕男女的身影。

是方才在排名遊戲國際大會當中，擊敗摩訶末梨的隊伍的那對年輕男女惡魔。

死神一邊看著他們兩位的影像一邊報告：

『３６４０２號（薇麗妮）、６１６１６號（巴爾貝里士）測出的數值堪稱異常……釋出的氣焰已經超脫惡魔這個分類了。』

換句話說，就是稱為「超越者」的存在。

沒錯，黑帝斯利用莉莉絲，終於成功完成以人工方式製造出「超越者」的實驗了。

『十萬隻才有兩隻魔王級，兩隻超越者級啊……生產出來的最上級惡魔級也有相當的數量，加上那些應該算是可以接受的結果了吧。還是說，這已經是使用莉莉絲才能達到的高機率了呢。』

『條件符合的話，或許能夠後天性升格為魔王級的實驗體還有五隻。』

『嗯。從條件看來，條件齊全的話，１４７８４號（索內隆）和５００１９號（格雷希爾）也有可能升格為超越者呢。』

在高輸出狀態下讓她在短時間內生產了超過十萬隻。理想的成功個體，只有四隻——加上之後可能產生變化的個體，這次準備了九隻。

特別是莉莉絲對那四隻發出了訊號。解析得到的結果，訊號似乎是名字。

因此，魔王級（強）的那兩隻分別被命名為索尼隆、格雷希爾。

超越者的女性個體被命名為薇麗妮。男性個體——則是巴爾貝里士。

黑帝斯以沒有眼球的眼窩對準了男性——巴爾貝里士的影像。

『……61616號巴爾貝里士。超乎規格的怪物。沒想到居然會有可能足以單獨挑戰龍神的存在誕生呢……』

在巴爾貝里士誕生的瞬間，黑帝斯感覺到一陣寒意。因為那隻惡魔散發出難以言喻而龐大的極限氣焰。顯然是超乎尋常的存在。

黑帝斯將索內隆、格雷希爾、薇麗妮、巴爾貝里士等四隻託付給事先登錄參加國際大會的協助者（規則上的「國王」）。

結果——他們擊敗了阿修羅神族的王子摩訶末梨的隊伍。能夠打倒在神祇當中也特別擅長戰鬥的阿修羅神族是非常大的成果。

相反的，這也讓人再次對於惡魔的「超越者」這種異常個體感到戰慄不已。

『莉莉絲現在還能生嗎？』

黑帝斯這麼問部下。

『不，她已經瀕臨極限了。崩潰的狀態已經惡化，再這樣下去會徹底死亡吧。』

比起剛發現的時候，莉莉絲的肉已經開始潰散，到處出現壞死現象。第一代路西法也是硬逼自己的妻子勉強自己，才將她變成肉塊的吧。而黑帝斯對她的所作所為又更加勉強……

黑帝斯笑著說：

『畢竟在找到的時候，已經是崩潰得相當嚴重的狀態了嘛。嘩嘩嘩，可見第一代路西法是把自己的妻子整得多慘，才「精挑細選」出原創的惡魔們來。』

第一代路西法想必同樣只挑選了強大的惡魔。也就是第一代的惡魔們。

然而，過去與現在有不同之處——就是「聖經之神」與路西法自己都已經死去。因此，魔王級與「超越者」的誕生開始活絡了起來。

第一代路西法以及「聖經之神」死去的影響，可能導致惡魔這個種族的某種限制解除了，黑帝斯這麼認為。

黑帝斯轉換話題，這麼問部下。

『奧迦斯他們的動向如何？』

『奧迦斯大人表示只打算貫徹中立到底。對此，第二代普路托大人也抱持相同態度。』

祂問的是部分幹部的動向。黑帝斯遠離冥府，窩在這裡，即使再怎麼解釋，當然還是會有人表示懷疑。

『普路托的繼承人和奧迦斯走得比較近而疏遠我，這也是無可奈何的事情。』

對於奧迦斯祂們的行動，黑帝斯也只是一語帶過。即使祂們變成敵人也無所謂。到時候與之一戰便是。

這時，一名死神帶著緊急通知來到。

『黑帝斯大人——據報，塔耳塔洛斯大人將帶著厄瑞玻斯大人以及倪克斯大人列席會談。』

聽見這個報告，在場的死神全都興奮了起來，議論紛紛地說：

『——！喔喔，原始神之一的塔耳塔洛斯大人答應了嗎！』

『還有同屬原始神的兄妹神，暗黑神厄瑞玻斯大人以及夜之女神倪克斯大人也願意出動嗎！』

塔耳塔洛斯——在希臘神話當中屬於原始神之一，名字意指「深淵」，更是其化身。是黑帝斯在來到這裡之後聯絡過的神。

暗黑神厄瑞玻斯與夜之女神倪克斯也是希臘神話當中的原始神，是掌管黑暗面的一對兄妹神。他們製造出許多掌管死的神祇，塔納托斯也是厄瑞玻斯與倪克斯的造物。因此這兩柱也是強大的神祇。

『另外還收到消息，塔耳塔洛斯大人表示亦將召喚安哥拉．曼紐大人。』

議論聲變得更加強烈，甚至有人為之戰慄。

『……瑣羅亞斯德最大的惡神……！』

『創造出邪龍阿日．達哈卡的最惡根源……！』

黑帝斯——悶聲笑了。

『我想也是——「D×D（那些傢伙）」所守護的和平，必定會讓某些神祇感到痛苦。』

因此，去年惡神洛基才搶先燃起反叛的狼煙。那次反動的時機未免過早……但必定有神祇在心中是和洛基抱持同樣意見。

然而報告並非全都令祂高興。

『此外報告亦指出，北歐的赫爾大人以及和印度勢力互通的閻羅王（閻摩）大人方面，果然還是很難搭上線。』

在北歐神話當中掌管死亡世界（尼福爾海姆）的赫爾，正是那位惡神洛基的女兒，但是因為先行造反的父親而遭到嚴加監視。在那之前赫爾自己似乎也對奧丁和「D×D」找過碴，所以各勢力對祂的看管相當緊密。

至於閻摩，也就是閻羅王，祂和帝釋天——因陀羅一樣是對佛教以及印度神話兩邊都具備影響力的神祇……不過在眾多地獄的主宰當中，祂也是最為嚴謹的神祇，一開始就不太可能協助黑帝斯。

黑帝斯並不特別放在心上，淡定地回答。

『祂們不過是響應了就當作我們運氣好的程度罷了。有以塔耳塔洛斯為首的幾位原始神，還有安哥拉·曼紐，也已經相當夠用了吧。』

以戰力而言十分足夠。現在應該立刻安排會談的場合詳談細節才對。

但塔耳塔洛斯祂們一旦行動，跟著出現呼應赤龍帝——胸部龍的原始神也不足為奇。

掌管性與愛的原始神——厄洛斯與兵藤一誠接觸也是最讓黑帝斯憂慮的一件事。

然而，以起頭而言，包括巴爾貝里士他們的勝利在內，已經是再好不過了。

黑帝斯切換了巨大螢幕的影像，顯示出某一群人。

是反恐小隊「D×D」的成員，以及各勢力的VIP。黑帝斯面對著螢幕上一臉色慾薰心的兵藤一誠，並且這麼說：

『沒錯。我們的最終目標，就定為各神話的主神——以及所有的神滅具持有者好了。順便連魔王別西卜也做掉吧。』

對於主人的發言，在場的死神們同時回應：

『『『『『『『『是！』』』』』』』』

為了對抗與各勢力為敵的存在而成立的組織——「D×D」。

以及掌管邪惡、黑暗、死亡的諸神。

——兩者絕對無法互相理解。

因為雙方所冀望的和平，肯定無法混為一談——

Secret talks.

阿傑卡．別西卜在自己的研究設施，與隔離結界領域內的ＶＩＰ們獨自進行會談。

在和６６６戰鬥之餘，阿撒塞勒說了。

『所以，那件事幾乎可以就此定案，開始進行嘍？』

隔離結界領域裡面有各種氣焰、術法、魔法、招式飛來飛去，不時還可以看見６６６的身影出現在螢幕的角落。

在這樣的狀況下，阿傑卡點頭回應阿撒塞勒的問題。

「是的，繼續讓第一代巴力干預內政下去，冥界就不會有未來。關於我們以這個形式討論的議題——由兵藤一誠和瓦利．路西法，也就是由二天龍繼任下一代的魔王，對此公然表示異議的政治家也只剩下第一代巴力的跟班了。」

即將在下一任採用的「七大魔王制度」——魔王之位除了別西卜以外，還準備了路西法、利維坦、阿斯莫德、彼列、貝爾芬格、瑪門等等，候選名單也已經暗中開始列名了。

其中第三代「路西法」的候選人，推舉真正的路西法血統繼承人瓦利．路西法的聲浪越來越高。雖然目前還沒有和本人商量過，不過在條件備齊之後，只要瓦利答應就可以算是確定了。

化為毀滅型態的瑟傑克斯這麼脫口而出。

『一誠和瓦利．路西法如果要即位，是不是必須滿足最低條件啊，阿傑卡？』

「是啊，在這次的錦標賽當中，他們至少也得留到四強，否則別說第一代巴力的人馬，就連我們正在說服的貴族也不會點頭吧。」

『他們有辦法留到那個時候嗎？』

「並非辦不到，只是相當勉強——畢竟，能夠留在決勝錦標賽當中的隊伍大概全部都是魔王級和神級的強者吧。想在錦標賽往上爬，鐵定得接連對付那些強者。而且在大會進行的同時，黑帝斯似乎暗中準備和呼應祂的神祇們勾結在一起。」

根據報告，冥府之神黑帝斯目前窩在冰之地獄。還有襲擊各勢力的神祕惡魔。即使試著調查，也無法證明他們的身分，只知道他們的肉體與魔力資料與古老的惡魔極為相似而已。

無論再怎麼審問，問得出來的永遠只有「接獲襲擊該處的命令」一件事，就算想讀取他們的思緒也完全找不到任何記憶，完全無計可施。

反過來想的話，調查到這個程度還是一切成謎，就表示暗中干預這一切的無疑是個厲害角色，或許應該當作和剛才提到的黑帝斯那件事有關。

阿傑卡原本想審問被抓住的塔納托斯……但是祂受到兵藤一誠的神祕力量影響，目前尚未清醒，所以還問不出任何情報。

而且關於在納貝流士家的分家研究以後天方式製造超越者的涅比羅斯，也必須詳加調查才行。

即使在危險的陰影若隱若現的狀況下，阿撒塞勒依然露出無畏的笑。

『不過，總得撂倒神才稱得上是天龍嘛。而且那兩個小子還有最強無敵的龍神大人和神滅具持有者們在協助他們。事已至今，他們不跨越這個難關的話，我們在這裡奮鬥就沒有意義了吧。』

看來，墮天使的前總督對他的學生寄予絕對的信賴。這也是理所當然的事情。在短暫的期間內，他們一路對付舊魔王派、惡神洛基、英雄派、邪惡之樹，數度打倒了各神話的敵對勢力，所以阿撒塞勒對他們的信賴可以說是不會動搖。

然而，阿撒塞勒話鋒一轉，說出不安的心情。

『瓦利先不提，問題是一誠……七個席次當中，有適合那個傢伙的嗎？』

他這番話也是極其合理，雖然不是世襲制，但魔王各自承襲著各席次的職責。比方說，身為路西法，就必須表現出在魔王當中也特別突出的領袖氣質，負責分派權限，諸如此類，魔王各有各的職責。

至於「七大魔王制度」原本是打算對應七宗大罪而設置……但確實如同阿撒塞勒所說，兵藤一誠應該安排在哪一個位子，一直找不到一個適當的答案。

阿撒塞勒接著表示：

『……讓他當對應色慾的阿斯莫德嗎？但以繼承法爾必溫的人選而言，感覺形象不太對呢……』

法爾必溫．阿斯默德也在遠方說：

『我是覺得無所謂……只是可能得由別的魔王負責戰略吧。不過，有阿傑卡在的話這點應該不成問題。還有，我並不好色。』

一邊朝前方發出特大號的毀滅球體，瑟傑克斯一邊輕描淡寫地說：

『不然，乾脆安排第八個席次或許也不錯。為他準備一個專用的位子如何？對於冥界而言，他已經是英雄了，應該可以留名青史才對。既然如此，為他安排一個新的席次大概也不成問題吧？七個和八個還不是一樣。』

聽見這個天外飛來一筆卻又極為單純的意見，害得阿傑卡露出傻愣的表情。

阿撒塞勒忍俊不住，放聲大笑。

『哈哈哈！瑟傑克斯！你說這種話可以嗎！對啦，七個和八個也差不多是沒錯！但是對應七宗大罪的意義不就沒了嗎！哎呀，不然乾脆訂個第八宗大罪叫「胸部龍」吧！德萊格聽

打倒小瑟傑克斯才行。唯有這件事我絕對不會讓步。』

瑟傑克斯聽了賽拉芙露的發言也不知所措。

『……妳、妳是要我對付蒼那未來的夫婿嗎……不，身為朋友的妳這樣拜託我的話，我是沒有理由拒絕啦……』

對此，阿撒塞勒也苦笑。

『那種人幾乎不存在吧……？西迪家的未來真是堪慮啊……』

看見戰友們一邊戰鬥還能談論親友的未來，可見他們很快地已經習慣和666戰鬥了。

看來打倒666或許能夠比預期中的還要快實現呢。

正當阿撒塞勒與魔王們一邊戰鬥一邊開心聊天的時候，北歐的前主神奧丁與希臘神話的前主神宙斯來到他們身邊。

奧丁一面擲出昆古尼爾，一面問阿撒塞勒。

『怎麼怎麼，結果胸部龍和屁龍皇要當魔王啦？』

『魔王們表示，總之得先等他們和老爺子家還有宙斯家的兒子們打過之後再說。』

對此，宙斯一面對666發出龐大的雷電，一面豪邁地笑著說：

『哇哈哈哈哈！阿波羅是吧！那個傢伙很強喔！』

奧丁抓了抓臉頰表示：

『我們家的維達也是……這個嘛，他雖然老是嫌麻煩，不過力量確實有主神級。在過來這裡之前，我還吩咐過他該找個老婆了呢……』

這麼說來，阿傑卡想起，正如奧丁所說，最近聽說阿斯加——維達要相親了……

阿傑卡帶著笑，對奧丁與宙斯說：

「奧丁大人與宙斯大人那邊的第二代對上赤龍帝的比賽就快要到了。我想先好好觀望次世代領導者之間的那一場戰鬥。」

不只七大魔王，而是更超越之的八大魔王——

讓兵藤一誠冠上第八個慾望說不定其實也挺有意思的，阿傑卡在心中輕輕笑了一下。

話雖如此，他們還沒問過兩位當事人的意願。他們到底願不願意接受也是一大問題——

如果可以，為了對付三十年後即將來臨的未知的接觸，希望能夠在準備好新組織「E×E」的同時找齊強大的新魔王們，才是阿傑卡的真心話。

然後，阿傑卡拿起莉雅絲．吉蒙里交給他的貓臉髮飾。

聽說，納貝流士家的分家惡魔以及涅比羅斯家都參與其中的「以後天方式製造超越者」的研究資料就藏在這裡面……

包括突然出現在大會當中的兩名超越者級的年輕惡魔在內，他決定針對這件事開始正式著手調查——

後記

好久不見。我是石踏一榮。這是第二十四本了。

首先，我必須先向各位道歉。在第二十三集和《DX》第四集當中我預告過「下次要寫莉雅絲隊對上瓦利隊，以及一誠隊對上『諸王的餘興』隊這兩場比賽！」，但是這次只寫了莉雅絲隊對上瓦利隊。

話雖如此，若是依照當初的計畫連續交代兩場重要的比賽，又要將同時進行的小貓與黑歌的支線寫成和冥府的死神相關的故事，還得將這些全部塞在一本裡面，從我的體力方面、工作的時程方面、頁數方面來判斷都非常困難，所以決定分成這次的第二十四集和下次的第二十五集了。

分成兩本的頁數還是這麼多，所以如果依照當初的計畫肯定更是不得了吧。也因為這樣，最終章的集數也將跟著變得比當初預計的還要多。

事情就是這樣，以下開始詳細解說第二十四集。

・小貓（白音）與黑歌變成老婆了！

這次是小貓，也就是白音，以及黑歌的故事，所以內容同時也描述了她們的過去。之所以沒有太深入交代她們的雙親，是因為她們兩個都已經有了重要的事物，有了新的家人，為了好好面對那些，才讓一誠和各位讀者得知她們的過去，至於她們兩個自己的問題，則透過姊妹對決的形式做了一個了結。

小貓也變成白音了……不過我想今後還是兩者都會使用。再怎麼說，連同短篇集在內都已經用小貓這個名字寫了二十七本以上了，我覺得今後也很有可能弄錯，所以採用了兩者都可以的設定……總之就是，與其等著看我不小心寫成「小貓」造成讀者的混亂，不如這樣才是比較聰明的做法。

還請各位多加愛護這兩位新的老婆。

・新的胸部招式解禁！

這次，一誠的胸部招式一口氣多了兩招，「超乳波動砲」以及「乳語電話」。或許會有讀者對於「明明是波動砲卻叫光束（beam）？」之類的地方感到疑問，不過這完全只是順不順口和氣勢的問題，所以請忘記那些瑣碎的部分。這是一誠的招式，所以想太多就輸了。

他用了新的胸部招式，單獨打倒了最上級死神當中的最強者之一。

在這樣的狀況下，一誠的爺爺也登場了。總之，爺爺是個和一誠一樣好色的色老頭，也是比任何人都了解一誠的潛在能力的人物。

一誠終於在佛祖的世界也開始聲名大噪了。下次會是哪一位佛教的神明登場呢？我也無法預料。

・人類的極限（瓦斯科・史特拉達）與究極邪龍（克隆・庫瓦赫）、莉雅絲的合體技，以及新的敵人！

這次有許多強得跟鬼一樣的角色大放異彩。史特拉達大人以全盛期的力量擊潰了瓦利隊的許多成員，還有能夠和魔王化的瓦利戰成平手甚至小贏的克隆，更出現了雖然時間短暫，力量卻提升到能夠和那個芬里爾（儘管這次只有原本八成左右的力量）正面交戰的莉雅絲＋加斯帕，真的是隨我想怎麼寫就怎麼寫。

史特拉達大人這次寫起來也很開心呢。打從一開始我就已經把他當成作品當中最強的角色之一在寫，所以會強成那樣也是理所當然。追求精神性更勝於肉體的年輕也很符合他的角色定位。

克隆也是一開始就當成最強級角色之一在寫。除了龍神級以外，能夠和認真起來的一誠還有瓦利正面激戰的龍族，目前就只有他了吧。因此我在這次的戰鬥當中將他描述成能夠和魔王化的瓦利打得不相上下的龍族。

莉雅絲的強化正如她所說，是她一直以來看著夥伴們的強化方式所得到的歸結點之一。穿上加斯帕，讓自己的能力增強到好幾倍。儘管是能同時使用莉雅絲的毀滅以及加斯帕的巴羅爾能力的可怕型態，卻也因此使體力與魔力的耗損超乎尋常，最後身體才會跟不上變身。

如此一來莉雅絲也得到驚人的力量了，今後的戰鬥也會變得更加激烈吧。

最後出現了兩名神祕的超越者！巴爾貝里士和薇麗妮是正因為到了最終章才能夠派出來的新敵方角色。至於他們今後將會和故事有怎樣的關聯，敬請多加關注《D×D》接下來的發展吧。

宣傳第一件事。

這本書問世的時候，《惡魔高校D×D》的電視動畫新系列「惡魔高校D×D HERO」應該也已經發表了吧。讓各位等了這麼久，想必大家都操心不少吧。

我想宣傳影片應該也已經公開了。這次的內容是和塞拉歐格戰鬥。宣傳影片的最後曹操也會登場。也就是說，本季將和這兩個人戰鬥。他們兩位都是很有人氣的勁敵角色，和這兩個人的戰鬥相信也是各位支持者所期待的重頭戲，我想這次應該能夠讓各位收看到更勝於以往的白熱化影像。

新的劇組人員也已經發表，以末田導演、系列構成古怒田先生、負責主要人物設計的う

のまこと先生等人為首，這次也聚集了強力的陣容正在進行製作。

新團隊的成員們，以及製作公司パッショーネ都十分盡心盡力，非常重視原作，真的連細節的部分都以原作的設定為主。

我也幾乎出席了所有的腳本會議以及設定會議，各位對原作重視以及詳讀的程度都到了前所未有的地步。身為作者也是不勝感激。

上映時間應該是在明年，各位原作的書迷也敬請期待。

宣傳第二件事。

和《惡魔高校D×D》屬於共同世界(shared world)，也是本作前傳的《墮天的狗神—SLASHDØG—》已經和這本第二十四集同時上市。（註：在此指日文版情形，中文版已由台灣角川代理出版）這一集也有許多《SLASHDØG》的角色們登場，來了一次跨界合作。有興趣的讀者也請關注一下《SLASHDØG》。偷偷告訴各位，裡面的胸部也不輸給《D×D》喔！

神滅具「永遠的冰姬」的持有者拉維妮雅，定位上算是瓦利的姊姊。與其說是戀愛不如說是家人之愛，希望各位能夠發現瓦利令人意外的一面。

以下是答謝部分。みやま零老師、T責編，感謝兩位每次都多方關照！

好了，下一本接的是本篇的第二十五集。內容是這次沒辦法寫到的另一場比賽，對抗「諸王的餘興」之戰。一誠等人也在這次得到了強化的手段，但儘管如此，要對付的是在目前為止也算是最強級的對手。一誠他們面對維達等人將如何戰鬥？就請各位拭目以待了。

然後，下一集是羅絲薇瑟的故事。最後提到相親的事情，而透過下次的事件，一誠與羅絲薇瑟將會有怎樣的進展，敬請期待！

下次也將和《墮天的狗神—SLASHDØG—》第二集同時上市。《SLASHDØG》那邊將會是拉維妮雅的故事，在第二十四集對她產生了興趣的讀者，請為了拉維妮雅的胸部多加支持那邊吧！

那麼，我們在預計於明年春天上市的《D×D》第二十五集以及《SLASHDØG》第二集當中再會了！

國家圖書館出版品預行編目資料

惡魔高校DxD. 24, 校外教學的死神 / 石踏一榮
作 ; kazano譯. -- 初版. -- 臺北市 : 臺灣角川,
2019.04
面 ;　公分
譯自 : ハイスクールＤ×Ｄ. 24, 校外学習のグ
リムリッパー
ISBN 978-957-564-842-8(平裝)

861.57　　108001912

Kadokawa
Fantastic
Novels

惡魔高校D×D 24

校外教學的死神

（原著名：ハイスクールD×D 24 校外学習のグリムリッパー）

2019年4月17日　初版第1刷發行

作　者：石踏一榮
插　畫：みやま零
譯　者：kazano

發行人：岩崎剛人
總經理：楊淑媖
資深總監：許嘉鴻
總編輯：蔡佩芬
編　輯：江宇婷
美術設計：黃永漢
印　務：李明修（主任）、黎宇凡、潘尚琪

發行所：台灣角川股份有限公司
地　址：105台北市光復北路11巷44號5樓
電　話：（02）2747-2433
傳　真：（02）2747-2558
網　址：http://www.kadokawa.com.tw
劃撥帳戶：台灣角川股份有限公司
劃撥帳號：19487412
法律顧問：有澤法律事務所
製　版：尚騰印刷事業有限公司
ＩＳＢＮ：978-957-564-842-8